マクトゥーブ

An Inspirational Companion to The Alchemist

パウロ・コエーリョ
木下眞穂＝訳

角川文庫
24333

Translated by Maho Kinoshita
Published in Japan by KADOKAWA CORPORATION
Paulo Coelho Homepage http://www.paulocoelho.com

ニャ・シカ、パトリシア・カゼー、
エジーニョ、そしてアウシノ・レイチ・ネットに

原罪なくして宿り給いし聖マリア、
御身に依《よ》り頼み奉る我等のために祈り給え。
アーメン。

天地の主である父よ、あなたをほめたたえます。これらのことを知恵ある者や賢い者には隠して、幼子のような者にお示しになりました。

ルカによる福音書　一〇：二一（新約聖書　新共同訳）

まえがき

この本は箴言《しんげん》集ではない。経験を交わし合う場である。

本書の大部分は、一一年間の親交のなかで師が惜しみなく与えてくれた教えから成っている。そのほかはわたしの友人や、一度しか言葉を交わしていないのに忘れ得ぬメッセージを残していった人たちの言葉である。そしてまた、わたしが読んだ本や、イエズス会士アントニー・デ・メロの言葉を借りれば、人類のスピリチュアルな遺産である物語の断片も含まれている。

『マクトゥーブ』は、当時のフォーリャ・ジ・サン・パウロ紙の別冊新聞、カデルノ・イルストラーダの編集長だったアウシノ・レイチ・ネットからの一本の電話から生まれた。当時、わたしは米国におり、なにを書くのかはっきりとわからないまま申し入れを受けてしまった。それでも、企画に興味を引かれ、やってみることにしたのだ。生きるということはリスクを負うことだ。

この仕事がどんなものかわかったときには、いっそやめてしまおうかと思った。なんといっても、わたしは本の宣伝でしょっちゅう旅をせねばならなかったので、毎日一編のコラムは拷問と化した。ところが、続けろというサインが送られてくるのだ。読者の手紙が届いたり、友人からひと言もらったり、財布のなかに持ち歩いているのだと記事の切り抜きを見せる人に出会ったり。

ゆっくりと、わたしは文章のなかで客観的で率直になることを学んでいった。これまでずっと読むのを先延ばしにしていた文章を読まねばならなくなったが、こうした文章にふたたび出会うことの喜びは非常に大きいものだった。そして、師の言葉をさらに入念に書き留めるようになった。ついには、身の回りで起こるあらゆることを『マクトゥーブ』を書く材料として見るようになった。――そして、このことがもたらした豊かさといったら大変なもので、今では、この日課に感謝しているくらいである。本書には、フォーリャ・ジ・サン・パウロ紙に一九九三年六月一〇日から一九九四年六月一一日のあいだに書いた文章を選び収録した。光の戦士についてのコラムは本書にはない。こちらは『光の戦士の手引き』（日本語未訳）として出版されている。

アントニー・デ・メロはある自著のまえがきに、こう記している。「わたしの任務は、織工のそれにすぎない。紡ぎだされた綿や麻がすばらしいのは、わたしの手柄ではない」

それはわたしもまったく同様である。

パウロ・コエーリョ

目次

旅人は目の前にある質素な家をじっと見つめながら森のなかで座っている。ここには前にも友人たちと一緒に来たことがある。この家は大昔のカタルーニャの建築家の建築様式に似ているな、などとあのとき思いついたのはそんなことばかりで、その後ここに足を踏み入れることはなかったのだった。

その家はリオ・デ・ジャネイロのカボ・フリオの近くに建っており、すべてガラスの破片でできている。主《あるじ》はガブリエルといい、一八九九年のある日、夢に天使が現れてこう告げたのだそうだ。「破片で家をつくりなさい」と。それからガブリエルは壊れたタイル、皿、がらくたや割れた瓶などを集めはじめた。「破片はみんな美しくなる」――ガブリエルは自分の作品のことをそう言った。最初の四〇年間、近隣の者たちはガブリエルのことを頭がおかしいと決めつけていた。だが、そのうち観光客がこの家を見つけ、彼らのあいだで噂になっていった。するとガブリエルは天才と呼ばれるようになった。やがてブームは去り、彼はふたたび誰からも見向きもされなくなった。

それでも、ガブリエルは家の建設をずっと続け、九三歳のときに最後の破片を載せ、そして死んだ。

旅人は煙草に火をつけ、静かにそれを吸う。もう今は、ガブリエルの家がアントニオ・ガウディの建築と似ているなどとは思わない。数々の破片を見つめ、自分という存在に思いを馳《は》せる。この自分という存在は——ほかの者たちの存在と同じように——これまでに起きたすべての出来事のかけらが寄り集まってできているのだ。だが、あるときがくると、そのかけらの集まりが形をとりはじめる。

そして旅人は、手に持った数枚の紙片を見ながら自分の過去を少し思い返す。そこには彼の人生のかけらがある。どんな生き方をしてきたか、忘れ得ぬ本の一節、師の教え、友人たちの物語、どこかで聞いたおとぎ話。彼が生きている時代、そして彼の世代の夢を映すものがそこにはあるのだ。

ひとりの男が天使の夢を見て、彼の目前にある家を造ったのと同じように、彼はその紙片をまとめようとしている——おのれの精神を構築するものを理解するために。子どものころ読んだ本、マオバ・タハンの『マクトゥーブ！』を思い出す。そして思う。「わたしも同じことをせねばならないのだろうか？」と。

師は言う。

変わるときがきた、とふと感じると、われわれは――無意識ながらに――これまでの敗北を記録しておいたテープを再生しはじめるのだ、と。

もちろん、年を取るにつれ、困難だった時間は割合を増す。だがしかし、それは、われわれにそうした敗北を乗り越え、前へと進める道を探す方法を経験が教えてくれていることでもある。心のビデオ再生機に、このカセットテープを入れることもまた、必要なのである。

敗北のテープばかりを見ていたら、誰でも身動きがとれなくなってしまうだろう。経験のテープばかりを見ていたら、本来よりも自分のことを賢いと思い込み、そこで終結を迎えるだろう。

われわれには、二本のテープが必要なのである。

一匹の芋虫を想像してほしい。その一生の大部分を芋虫は地べたで過ごし、鳥を見つめては自分の運命と自分の姿を恨んだ。「生き物のなかでわたしほど下劣なものはない」と考えた。「みにくく、いやらしく、地面を這《は》いつくばって生きていくしかないのだ」

ある日、自然の摂理に繭を作るようにと告げられる。芋虫はおののいた。繭なんて作ったことがない。わたしは自分の墓を作っているのだ、これでもう死ぬのだ。そう思うとこれまでの人生に憤りを覚え、あらためて神に不平を訴えた。

「やっと自分に折り合いをつけられたところですのに、主はわたしの持っているわずかなものでさえ奪おうとなさるのですか」

うちひしがれて繭のなかにとじこもり、最期のときを待った。

数日後、芋虫は自分が美しい蝶《ちょう》になっていることを知った。空を飛びまわることができ、人間たちには美しいとほめそやされた。芋虫は、人生の意味に驚き、神の意図に驚いたのだった。

ある男がスケーティス砂漠の修道院を訪れ、修道院長に面会を求めた。

「人生をよりよいものにしたいのです」と、彼は言った。「ですが、罪深いことをどうしても考えてしまいます」

外で風が強く吹いていることに気づいた修道院長は、男に頼んだ。

「ここはとても暑いですね。外の風を少々、部屋を涼しくするために持ってきてくれませんか」と。

「そんなことは無理です」男は言った。

「同じように、神の教えに背くような考えを頭から取り去るのは無理なことです」と修道院長は答えた。「けれど、あなたが誘惑に対して否と言えるならば、その考えがあなたに害をもたらすことはありません」

師は言う。

なにか決断を下さねばならないことがあったら、前に進み、そこから生まれた結果を受け入れるほうがよい。前もってこの結果がどういうものになるのか、知ることはできない。

すべての占術は人を助けるためにできたもので、未来を予見するためにでは決してない。占術とは優秀な助言者ではあるが、預言者としては最悪である。

「御心《みこころ》のままに行なってください」という、イエスがわれわれに教えた祈りがある。この〝御心〟がわれわれに問題を引き寄せさせることがあっても、その解決もまた御心から生まれるのである。

占術で未来を見ることができるとしたら、占い師のだれもが金持ちになり、結婚して幸福であったろう。

弟子が師に近づき、言った。

「何年も天啓を求めてまいりました。もう近くまで来ているような気がいたします。次の一歩をどうすればよいのか知りたいのです」と。

「それで、あなたはどうやって生計をたてているのか」と師は訊《たず》ねた。

「わたしはまだ生計をたてる術《すべ》を学んでおりません。父と母が助けてくれています。いずれにせよ、それは些細《ささい》なことです」

「次の一歩は、太陽を三〇秒間見つめることだ」と師は言った。そこで弟子は言われたとおりにした。

見つめ終わると、師は辺りの草原がどのようなものか、言葉で描いてみせよと言った。

「今は見えません。太陽の光で目がくらんでしまって」と弟子は答えた。

「光ばかりを求め、他人への責任を忘れるものは、結局は天啓を得ぬままで終わってしまう。太陽ばかりを見つめ続けていると、人は盲目になる」と師は告げた。

ひとりの男がピレネーの谷を歩いていると、年老いた羊飼いに出会った。彼に食物を分け与え、ふたりは長いあいだ座って人生について語り合った。

男は、神を信じるのならば、自分が自由ではないことを認識しなければならないと言った。神が一歩一歩を決めているのだから、と。

すると羊飼いは彼を、山間《やまあい》の隘路《あいろ》に連れて行った。そこでは何もかも、あらゆる音のこだまがはっきりと聞こえるのだ。

「人生はここにある岩壁と同じだ。そして運命はひとりひとりの叫びと同じである」と羊飼いは言った。

「われわれの行ないは神の心に届けられ、同じように返ってくるのだ。

神は、われわれの行ないのこだまのように振る舞われるのだ」

弟子が師に言った。

「わたしは一日中、ほとんど考えるべきではないことを考え、望むべきではないものを望み、実行すべきではない計画を立てて過ごしているのです」

師は、自分の家の近くの森のなかの散歩に弟子を誘った。散歩の途中、師は一本の草を指さし、なんの草か知っているかと訊ねた。

「ベラドンナです」弟子は答えた。「その葉を食べた者を死に至らしめます」

「だが、ただ眺めているだけの者は死にはしない」と師は言った。「同じように、よからぬ望みは、その誘惑に負けない限り、悪いことはなにもしない」


マクトゥーブとは「書かれている」という意味である。だが、アラブ人は「書かれている」というだけではうまい翻訳だとは思わないであろう。なぜなら、あらゆることの筋書きがすでに書かれていても、神は慈悲深いからだ。そのペンとインクはわたしたちを助けることのみに使われる。

旅人はニューヨークにいる。人と約束があったのに寝坊してしまい、外に出てみると、車は警察に牽引《けんいん》されてしまっていた。

約束に遅れて到着し、昼食には必要以上の時間がかかり、彼は罰金のことを考える——こりゃあ、高くつくな。そのとき、前の日に見つけた一ドル札のことを思い出す。まさかあの札と今朝起こったことには何か関係があるんじゃなかろうか。あの札を見つけるべき人が見つける前に、もしやわたしが拾ってしまったのでは？　必要としている人のもとに届けられる道中でわたしが奪い取ってしまったのでは？　すでに書かれていたことをわたしが邪魔立てしてしまったのでは？

あの札は手放さなければならない。その瞬間、物乞《ものご》いが座り込んでいるのに気づく。急いで物乞いにそのドル札を手渡す。

「ちょっとお待ちを」物乞いは言う。「わたしは詩人なんですよ。かわりに詩をお渡しします」

「短いので頼むよ、急いでいるんだ」と旅人は答える。

物乞いは言う。

「あなたは生きている、それはあなたが行くべきところにまだ到達していないからだ」


フランスとスペインのあいだには山脈が横たわっている。その山のひとつに、アルジェルという村がある。村には、谷へと続く斜面がある。

毎日、午後になるとこの斜面を登っては降りるひとりの老人がいる。

旅人がはじめてアルジェルに行ったときには、なにも気づかなかった。二回目に訪ねたとき、いつもすれ違う老人に気づいた。そして、その村に立ち寄るたびに、いろいろと気づくようになった——老人の服装や、帽子、杖《つえ》、めがねなど。今では、村のことを思い出すと、老人のことも思い出すようになった。本人は、そんなことは露ほども知らないだろうが。

一度だけ、旅人は老人と言葉を交わしたことがある。

面白半分にこう訊ねてみたのだ。

「もしかしたら、神はわたしらの周りのこの美しい山々にお住まいなのかもしれませんね」

「神は」と老人は言った。「人びとがそこにおられるのでは、と思うところにいらっしゃいます」

ある夜、師が弟子たちと会い、みなで話したいから焚《た》き火を熾《おこ》してほしいと頼んだ。

「精神の道とは、われわれの目の前で燃える火のようだ」と、師は言った。「火をつけようと思えば、息苦しさに耐え、目から涙を流しながら不愉快な煙をやりすごさねばならぬ。

信仰を自分のものにする、というのはそういうことだ。

だが、いったん火がつけば、煙は消え、炎は辺りを照らし、われわれに温《ぬく》もりと静けさを与えてくれる」

「では、だれかがわれわれのために火をつけてくれた場合はいかがですか」弟子のひとりがきいた。「そして、だれかが煙を追いやるのを手伝ってくれたらどうなるのでしょう」

「そのようなことをするのは、偽りの師だ。その者は意のままに火を持ち去ったり、消してしまったりするかもしれない。だれにも火の熾し方を教えないがゆえに、世の中すべてを暗闇に陥れることもできるのだ」

ある女性が、三人の子どもを連れてカナダ内陸部の小さな農場で暮らすことを決意した。

瞑想《めいそう》だけに集中し、その身を捧《ささ》げたかった、という。

それから一年のうちに、彼女は恋に落ちて再婚し、黙想の技法を習得し、子どもたちの学校のために奮闘し、友人を作り、敵も作り、歯医者に行くのを怠り、膿瘍《のうよう》を患い、雪嵐のなかでヒッチハイクをし、車を修理できるようになり、凍りついた水道管を解かす方法を覚え、月末にもらう給付金でやりくりし、失業手当で生活し、暖房のない部屋で眠り、わけもなく笑い、失望して涙を流し、チャペルを造り、家の修繕をし、壁を塗り、瞑想について教えることもした。

「それで、祈りながら日々を過ごすとしても、それがかならずしも孤独な人生を意味することにはならない、とわかったの」と彼女は言った。「神の愛はあまりにも大きいものだから、みんなで分け合わなくてはならないのよ」


「あなたが道を歩み始めると、ある言葉が書いてある扉にぶつかるであろう」と、師は言う。「そのときは戻ってきて、それがどんな言葉であったのか、わたしに教えなさい」

弟子は身も心も捧げて、道を探し求める。

とうとうある日、その扉を見つけ、師のもとに戻ってくる。

「道のはじまりにこう書いてありました。『不可能である』と」

「それはどこに書いてあったのだ。塀にか、扉にか」師は訊ねる。

「扉にです」と弟子は答える。

「それでは、取っ手に手をかけ、扉を開けなさい」

弟子は言葉どおりにする。その言葉は扉に書きつけてあったので、扉が開くと言葉も動く。扉を開ききると、弟子には、もうその言葉は見えなくなった——そして、彼はそのまま歩んで行く。


師は言う。

目をつぶりなさい。目を閉じる必要はない。次の場面を思い浮かべるだけでよろしい。飛んでいく鳥の一群だ。よろしい、鳥は何羽見える？　五羽？　一一羽？　一七羽？

答えがどのようなものであろうと——正確に何羽、と答えられる人はめったにいない——、この小さな経験を通して、あることが明確になる。あなたは鳥の一群を思い浮かべることはできるが、鳥の数となると自分では制御できない。それでも、その場面はくっきりと鮮やかなはずだ。どこかで、この問いの答えは見つかるだろう。

鳥が何羽であったかとはっきりと言ったのはだれだろうか？　あなたではなかった。


ある男が、スケーティスの修道院の近くに住むという隠者を訪ねることにした。あてもなく砂漠を歩きまわり、ようやくその僧に会うことができた。

「精神の道を歩むとき、初めの一歩がどのようなものなのかを知りたいのです」と、男は言った。

隠者は男を小さな泉に連れて行き、水に映る自分の姿を見るように、と言った。男はその言葉に従った――だが、隠者が水に小石を投げ入れはじめたので、水面が動いてしまう。

「そのように小石を投げられては、自分の顔をきちんと見ることはできません」と男は言った。

「波立つ水に顔を映すことができないのと同じく、探し求めんと心がさざめくあいだは神を探し求めることはできない」と隠者は言った。「これが初めの一歩である」

旅人が禅の瞑想を行なっていたときのことである。師が道場の隅に行き、竹篦《しっぺい》を手に戻ってきた。

集中できずにいた修行者がいく人か手を挙げた。師は彼らに近寄り、その肩を三度叩《たた》いた。

初日には、なんと時代遅れで馬鹿らしいことを、と旅人は思った。

しばらくすると、旅人は、精神的苦痛がもたらす害を理解するためには、それを肉体的苦痛に置き換えることも必要だとわかった。サンチャゴへの道中、旅人は、邪念が浮かんだときに人差し指の爪を親指に食い込ませるという鍛練法を身に付けた。

悪い考えが生むおそろしい結果は、あとになってから気づくものである。だが、そうした考えが肉体的な痛みと一緒に浮かび上がってくるようにしておけば、それがもたらす害をよりよく理解することができるだろう。

そして最後には悪い考えを避けられるようになるのだ。

セラピストのリチャード・クロウリーのもとに三二歳の患者がやってきた。

「どうしても指をしゃぶるのをやめられないのです」と彼は言う。

「そんなことは気にしなくてよろしい」クロウリーは答えた。「ただ、曜日ごとにしゃぶる指を代えてください」

そのときから、患者は、指を口元に持って行くたびに、本能的にその日はどの指だったかと考えるようになった。一週間もたたぬうちに、彼は治癒した。

「悪癖がつくと、それをコントロールするのは難しくなるものだ」とリチャード・クロウリーは言う。「だが、その癖のせいで新しい姿勢、決心、選択を迫られると、ようやくわれわれはそこまでする価値はないと気づくのだ」

古代ローマで、シビラといわれる女預言者の一団がローマの未来について九冊の本を書いた。彼女たちはその本をティベリウスのもとに持って行った。

「いくらだ？」と古代ローマの帝王は訊ねた。

「金貨が一〇〇枚でございます」シビラたちは答えた。

腹を立てたティベリウスは彼女たちを追い払った。

シビラたちはそのなかの三冊を燃やして、また戻ってきた。そして、言った。

「変わらず、金貨一〇〇枚でございます」ティベリウスは嗤《わら》ってとりあわなかった。九冊と同じ値段を六冊に払うだと？

シビラたちはさらに三冊燃やし、残りの三冊を携えて戻った。

「変わらず、金貨一〇〇枚でございます」

ティベリウスは、燃え上がる好奇心に負け、金貨を払った――ただし、自分の帝国の未来の一部しか読むことはできなかった。

師は言う。

そのときが来たら、安く買おうとしてはならない。これは人生をうまく生きる術のひとつだ。

これはルーファス・ジョーンズの言葉である。

「神のみもとにたどりつかねばならないなどと言って、新しくバベルの塔を建てようとは思わない。

そのような塔は忌むべきものである。セメントや煉瓦《れんが》でできた塔もあれば、神聖な書類を山ほど蓄えている塔もあろう。なかには古いしきたりにのっとって造られたものもあるだろう。だが、多くは神の存在を示す最新の科学的な証拠をもって造られたのであろう。

こうした塔はどれもみな、暗く孤独な地面から測量せざるを得ない。つまりこの塔は大地を見せてはくれるだろうが、われわれを天に連れて行ってくれることはないのだ。

結局われわれが得るものは、昔と変わらず言葉と感情の混同である。神のみもとへと渡る橋は、信仰、愛、喜び、そして祈りである」

訳注　ルーファス・ジョーンズ（一八六三―一九四八）。米国のクエーカーの思想家。

ナチズムが席巻するドイツで、ふたりのラビがユダヤ人たちの魂を慰めようと必死の努力を続けていた。二年間、大きな恐怖にさらされながらも、追手をごまかし続け、あちらこちらのユダヤ共同体で儀式を行なってきた。

しかしついに捕らえられる。ひとりのラビは、これからどうなるかと思って震えあがり、祈り続けるのをやめようとしない。もうひとりは、反対に一日中眠り続ける。

「なぜそんなことをしているのだ」ひとりのラビが驚いて訊ねる。

「力をためておくのだ。これから必要になるに違いないから」もうひとりは答える。

「だが、恐ろしくはないのか？　これからどうなるか、わかっていないのか？」

「捕まるまでは恐ろしかった。だが、こうして捕まってしまったのだから、いったい何を恐れるのだ？　恐怖の時は終わった。これからは希望の時が始まるのだ」

師は言う。

意志。それは、少し立ち止まって疑問を持つべき言葉である。

意志がないからやらない、ということはなにか。あるいは、危険が大きいからやらない、ということはなにか。

ここで、われわれが「意志がないからやらない」ととれる事例をひとつ挙げよう。それは見知らぬ人と話をする、ということである。ちょっとした会話であろうと、またはほんの一言交わすだけであろうと、打ち明け話であろうと、見知らぬ人と話すことはほとんどない。そしてわれわれは、それでいいのだといつも思っている。「人生」を手助けすることもなく、手助けされることもなく終わる。

他人と距離をおくと、人というものは重々しく見えるし、自分に自信があるように見えるものだ。だが、実際には、他人の口を借りた天使の声を聞きそびれているのである。


ひとりの年老いた隠者が、当時もっとも権勢を誇っていた王の宮殿に呼ばれた。

「これほど少ない所有物で満足できる聖人を余は羨《うらや》む」と王は言った。

「わたくしよりも少ない財産で満足なさっている閣下を、わたくしは羨みます」と隠者は答えた。

「それはどういうことだ、余はこの国をすべて持っているというのに」王は、機嫌を損ねて言った。

「こういうことでございます」隠者は言った。

「わたくしには天の星ぼしの奏でる音楽がございます。この世のすべての川と山がございますし、太陽と月もございます。なぜなら、わたくしの魂には神が宿っているからです。ところが、閣下は、この国ひとつしかお持ちではございませんでしょう」

神が住む山まで行かないか、と騎士が友人に声をかけた。「神はわれわれに頼るばかりで、われわれの荷を軽くしてくれることなどなにもしない、と証明するのだ」

「よし、わたしの信仰をお見せしよう」友人は言った。

夜になり、山の頂に到着した。すると、暗闇から声が聞こえてきた。

〈馬の背に石をいっぱいに載せろ!〉

「どうだ?」騎士は言った。「ここまで登ってきたというのに、まだわれらに重荷を課そうとしているじゃないか。

わたしは絶対に従わないぞ!」

騎士の友人は、声が言ったとおりにした。山を下りたところで、朝日が昇り、最初の曙光《しょこう》が信仰深い騎士が運ぶ石を照らした。その石は純粋なダイヤモンドであった。

師は言う。

神の御心は謎である。しかし、それはつねにわれわれの恵みとなる。

師は言う。

親愛なるきみ、きみがおそらくまだ知らないことを知らせねばならない。なんとか穏やかに伝えられないか、その事実を飾り立てて伝えようか、天国への約束や天啓または難解な用語による説明でその衝撃を和らげようかとも考えたが、結局のところ、そんなものが本当にあるとしても、問題の解決にはならない。

深呼吸をして、気をしっかりもってほしい。わたしは飾らず、率直にならねばならない。それに――これは保証できるのだが――わたしは自分が言っていることに絶対の確信をもっている。これは、疑問の余地などない、確実な予知なのだ。

知らせとは、これだ。きみは死ぬ。

明日かもしれないし、五〇年後かもしれない、だが、遅かれ早かれ、きみは死ぬ。きみが同意しなくても。これからの計画を立ててあったとしても。

今日なにをしようか、よくよく考えておきたまえ。そして明日も。残りの日々も。

ひとりの白人探検家が、できるだけ早くアフリカの中心にたどり着けるようにと、原住民の荷役に速く歩いてほしいと駄賃を余分に与えた。幾日ものあいだ、荷役たちは道を急いだ。

ところが、ある午後、荷役たちはみんな、地面に座り込んで荷物をおろし、旅を続けるのを拒んだ。さらに駄賃をはずむともちかけられても、彼らは動こうとしない。ついに、探検家がいったいなぜこんなことになったのかと訊ねると、彼らはこう答えた。

「わたしたちはたいへん急いで歩いてきたが、なぜこんなことをしているのかわからなくなってしまった。だから、魂がわたしたちに追いつくのを待たなければならない」

聖母が幼子イエスを胸に、ある修道院を訪ねるために大地へと降りてきた。神父たちはみな鼻高々に聖母を讃《たた》えんと列をなした。ある者は詩を披露し、ある者は聖書の挿画にと美しく彩った絵を見せ、またある者は聖者の名を朗々と暗唱してみせた。

列の最後には慎ましやかな神父がいた。彼は、これまで高尚な教育を受けたことがない人物だった。

彼の父母は学がなく、サーカスで働いていた。彼の番がようやく回ってきたとき、ほかの神父たちは、彼がこの修道院の名を辱めることをなにかするのではと、彼の前で順番を締め切ってしまおうかと考えた。

だがしかし、彼もまた、聖母に自分の愛を見せたかったのだ。ほかの神父たちのいぶかしげなまなざしを感じながら、おずおずとポケットから数個のオレンジを取り出し、宙に放り投げ始めた。そうして、サーカスにいたときに父母に教えてもらったとおりに、オレンジでお手玉をはじめたのである。

そのときだ。幼子イエスははじめてほほえみ、喜んで手を叩《たた》いた。そして、聖母は腕を伸ばして彼にだけ息子をしばらく抱かせたのである。

つねに一貫性を保とうと思うな。聖パウロも言っていたではないか。「この世の知恵は、神の前では愚かなものだ」と。つねに一貫性を保つ、ということは、つねに靴下に合ったネクタイを締める、ということだ。今日の意見を、明日また同じように持たねばならぬ、ということだ。それで、世界はどう動くだろうか?

だれかを傷つけるのでないかぎり、時には意見を変えるのがいい。恥ずかしがらずに矛盾を持つのだ。

あなたにはそうする権利がある。他人がどう思おうと関係ない——他人など、いずれにせよ、なにかしらを思うのだから。

だから、気負うことなどない。あなたの周りで動く宇宙は、そのままにしておけばいい。自分でも驚くような自分になる喜びを見つけよう。

「神は、知恵ある者に恥をかかせるため世の無学な者を選んだ」

聖パウロの言葉である。

師は言う。

今日は、普段と違うことをしてみよう。

たとえば、仕事に行く途中の道で踊りだす。はじめて会ったばかりの人の目を見つめ、愛について語りだす。ばかばかしいと思われかねない、だがきっとうまくいくと信じているアイディアを上司に話してみる。奏でてみたいとつねづね思っていたけれど、これまで手に入れる勇気のなかった楽器を買う。光の戦士はそんな日を許してくれるだろう。

今日は、まだのど元につっかかっていたような古い傷を思い、涙を流そう。二度と話すものかと誓った人（けれど、留守番電話にメッセージが入っていたらうれしいだろうと思う人）に電話をかけよう。今日は、毎朝判で押したように始まる日常の繰り返しから、一歩外れてみる日なのだと考えよう。

今日はどんな失敗も許されるのだ。今日は、人生の喜びを味わう日だ。


科学者ロジャー・ペンローズが数人の友人と楽しげにおしゃべりをしながら道を歩いていた。道を渡るときだけ、一瞬の沈黙が訪れた。

「道を渡っていた時に信じられないようなアイディアが浮かんだ、ということは覚えている」ペンローズは言った。「けれど、反対側に着いて、みんなの話題がまたもとに戻ったとたんに、一秒前に思いついたことがなんだったのかさっぱり思い出せなくなってしまった」

その午後遅く、ペンローズは恍惚《こうこつ》とした思いを抱いた。なぜなのかもわからないままに。

「なにか、重要な事実を発見したという感覚に襲われた」という。

そこで、その日やったことをすべて順番に思い出していった。そして、あの道を横切るところまで思い出したとき――例のアイディアがふたたび戻ってきたのだ。このときは、それを書き留めることができた。

そのアイディアとは、近代の物理学における真の革命となったブラックホールの論理である。道を渡るときにはいつも口をつぐむ、その静けさをペンローズが思い出すことができたから、そのアイディアがふたたび戻ってきたのである。

砂漠に住むアントニオスをひとりの若者が訪ねてきた。

「師よ、わたしは持っているものをすべて売り、その金は貧しい者に与えました。手元に残ったのは、ここで生きていくために必要最小限のものだけです。どうかわたくしに救済の道をお教えください」

アントニオスは、その手元に残ったというわずかなものを売り、その金を使って町で肉を買い、帰り道ではその肉を体にくくりつけて帰るようにと告げた。

若者はその言葉に従った。帰り道、彼は肉をねらう野犬や鷹に襲われた。

「帰ってまいりました」そう言って若者は傷を負った体や、引き裂かれた服を見せた。

「新しい一歩を踏み出そうとしながらも、昔の人生を少しでも保とうとする者は、結局過去に傷つけられることとなる」聖人はそう答えた。

師は言う。

神があなたに与えるあらゆる恵みを生きよ。恵みを惜しむな。受け取る恵みを、あとから好きなときに使えるようにと預けておける銀行などないのだから。今の恩恵を享受しないでいると、なくなって取り戻せなくなる。

神は、われわれが人生の芸術家であることをご存じだ。ある日は彫刻に使う粘土を、ほかの日には筆とキャンバスを、もしくは書くための羽根ペンを与えてくださる。だが、粘土はキャンバスには使えないし、羽根ペンを使って彫ることはできない。日々が奇跡なのだ。恩恵を受け、働き、あなたの今日の小さな芸術作品を作るのだ。明日になれば、より多くを受け取るだろう。

ピエドラ川のほとりにある修道院はすばらしい緑に囲まれている。スペイン北東部の不毛な一帯にある真のオアシスだ。小さな小川がやがてたっぷりと水を湛《たた》える川となり、やがて数十もの滝をつくる。

旅人は、水の奏でる音楽に耳を傾けながら、かの地を歩いている。突然、ひとつの滝の下にある洞窟《どうくつ》に目を奪われる。彼は、時によって削り取られた石や自然が根気よく作りあげた美しい造形を目を凝らしてよく見る。そして見つけた。一枚の板に、ラビンドラナート・タゴールの一節が書かれているのを。

「これらの石を完璧《かんぺき》な形にしたのは槌《つち》ではない。水が、その優しさと、その踊りと、その歌で形作ったのである」

厳しさが破壊しか生まない場所において、柔和さは形を刻むことができるのだ。

訳注　ラビンドラナート・タゴール（一八六一—一九四一）。インドの詩人・思想家。

師は言う。

多くの人が幸せを恐れる。彼らにとって、幸せが意味するものは、なじんだ一連の習慣を変えること——そして、自分が自分でなくなるということなのだ。

われわれは自分になにかよいことがあっても、自分にはそんな値打ちはないと思いこみがちだ。われわれは受けつけないのだ——なぜなら、よいことを受けつけると、まるで神に借りがあるような感覚に陥るからだ。

われわれはこう考える。〈喜びの杯を味わうのはやめておこう。なくなってしまった時にたいそう苦しむことになるだろうから〉

小さくなることを恐れていては、大きくなれない。泣くことを恐れていては、笑うことができない。

スケーティスの修道院で、ある午後、僧のひとりが他の僧を侮辱した。修道院長のシソエスが、侮辱された僧に相手を許してやってほしいと頼んだ。

「とんでもないですよ」その僧は答えた。「これほどのことをやったからには、それなりの仕打ちを受けて然《しか》るべきです」

そのとき、シソエスが両腕を高々と天に向かって挙げ、祈りはじめた。

「主よ。わたくしたちはこれ以上あなたを必要といたしません。われわれはすでに攻撃した者が、その行為ゆえに罰せられるように仕向けることができるからです。われわれはすでに自らの手をもって報復ができ、善悪の判断をつけることができるからです。それゆえ、主よ、心おきなくわれらのもとを去りたまえ」

恥じ入った僧は、すぐさま兄弟を許したのであった。


「師はだれでも、精神の至宝とはひとりで見出《みいだ》すものだと言います。ならば、なぜわたしたちはともにいるのでしょうか」。ひとりの弟子がこう訊《たず》ねた。

「あなた方がともにいるのは、ただ一本の木よりも森のほうが強いからだ」と師は答えた。「森は湿度を保ち、嵐にも強く、土壌を豊かにする。だが、一本の木を強くするのは、その根だ。そして、木の根というものは、ほかの木の根が伸びてゆくのを手助けすることができない。

同じ目的を持った者がともにいて、それぞれが自分なりに成長する。これこそ、神との交わりを望む者の道である」

旅人が一〇歳の時、母親が運動教室に入れた。

その運動のひとつに、橋から水に飛び込む、というのがあった。彼は恐ろしくて死にそうだった。列のいちばん最後に並び、ひとり、またひとりと飛び込んでいくたびに、もうすぐ自分の番だ、と震え上がった。ある日、そのあまりの怖がりようを見て、先生は彼を列のいちばん前に並ばせた。

怖いことには変わりはなかったが、あっという間に終わってしまったので、その後は勇気が出せるようになった。

師は言う。

静かに成り行きを見守るべきときは多くある。だが、ときには腹を据えて解決にまでたどり着かねばならないこともある。その場合、先延ばしにしていてよいことはひとつもない。

われわれは、行動し、作り、解決し、備えることに腐心する生き物である。われわれは、つねになにかを計画しようとし、終結させようとし、そして発見しようとしている。

それは決して間違いではない――つまるところ、われわれはそのようにして世界を構築し、動かしてきたのだから。だが、祈るということもまた、生きていくうえで経験のひとつである。

ときには立ち止まり、自分自身から抜け出し、宇宙を前にして黙する。肉体も魂もひざまずく。なにも乞わず、考えず、感謝すらせず。ただ、われわれのまわりにある愛の温もりを感じるだけでいい。そのとき、思いもかけぬ涙が——喜びの涙でもなく、哀《かな》しみの涙でもなく——あふれ出るかもしれない。驚くことはない。それは神からの贈り物だ。その涙はあなたの魂を清めているのだ。

師は言う。

泣かずにおれないことがあったら、そのときは子どものように泣きなさい。あなたもかつては子どもであった。子どもが人生ではじめて学ぶことのひとつ、それは泣くことだ。なぜなら、泣くことは人生の一部だからだ。自分は自由であること、そして感情を表に出すことは恥ではないということを、決して忘れてはならない。

叫べ、泣き放て、そうしたいならば騒げばよい——子どもというものはそのようにして泣く、そしてあっという間に気もちを静める方法を心得ているではないか。

あなたは、子どもがどうやったら泣きやむか、知っているだろうか。

なにかが彼らの気を散らすのだ。なにかが次なる冒険へと、彼らの注意を引くのだ。

子どもは瞬く間に泣きやむ。

あなたも同じだろう——ただし、あくまで子どものように泣けば、だが。


旅人は弁護士をしている女友だちとフォート・ローダーデールで昼食をとっている。すっかり出来上がった酔っ払いがひとり、隣のテーブルに座っていたが、なにかとふたりの会話に割り込んでこようとする。とうとう、友人はその酔っ払いに静かにしてくれと頼んだ。だが、彼は言い張る。

「なんでだい？　おれは愛について語ってるんだ。しらふの男じゃ絶対に無理な話をな。おれは陽気に、知らない人たちとコミュニケーションをとろうとしているんだ。そのどこが悪い？」

「今はそのときじゃないでしょう」と彼女は答えた。

「つまり、幸せを表現するのにちょうどいいときがあるってことかい？」

この言葉を聞いて、ふたりはこの酔っ払いを自分たちのテーブルに座るよう誘った。

師は言う。

身体を大事にせねばならない。身体は聖霊の宿る神殿であり、われわれの尊敬と配慮を受けるに値するものだからだ。

与えられた時間を最大限に使わねばならない――夢のために戦い、そしてそのための努力は惜しんではならない。

だが、人生とはささやかな喜びの積み重ねだということを忘れずにいることも必要なことだ。そうした喜びは、われわれを刺激し、探求の道への歩みを助け、日常の戦いにもがき苦しむときのしばしの休息となるのだ。

幸福になるのが罪であるはずがない。決まりきった食の、眠りの、喜びのルールを、ときどきは破ることに、問題などありはしないのだ。

たまには、ばかなことをして時間をつぶしている自分を責めずにおこう。われわれに大いなる刺激を与えるのは、ささやかな喜びなのである。

師が神の言葉を伝えるために旅に出ているあいだ、弟子たちと一緒に暮らしていた家が焼けてしまった。

「師がわれわれにこの家をお任せくださったというのに、なんということをしてしまったのだろう」と、弟子のひとりが言った。

すぐさま、みんなで焼け残った物をかき集めて再び家を建てはじめたのだが、師は予定より早く戻ってきてしまい、改築中の状態を見ることとなった。

「おやおや、前よりよくなっているではないか。新しい家とは!」師は明るくそう言った。

弟子のひとりが恥じ入って、本当はなにがあったのかを話して聞かせた。今まで住んでいたところは、火事で燃えてしまったのだと。

「なにを言っているのかさっぱりわからない」と師は答えた。「わたしの目に映るのは、信仰に篤《あつ》い者たちが、新しい時期に足を踏み入れている姿だ。ただひとつしか持っていなかった物を失った者は、ほかのたいていの人びとよりも幸いなのだ。なぜなら、彼らはこれから得ていくばかりとなるのだから」

ピアニストのアルトゥール・ルービンシュタインがニューヨークでの重要な昼食に遅れている。友人たちは心配しはじめた——とそのとき、ようやくルービンシュタインはやってきた、しかも彼の三分の一くらいの年齢の、すこぶるつきの金髪美人を連れて。

財布の紐《ひも》が固いことで知られるルービンシュタインが、この午後は一番高い料理と最高級のワインを注文し、にこやかに会計をすませた。

「さぞやいぶかしんでいるんだろうね」ルービンシュタインは言った。「実は、今日は遺言を作るんで弁護士のところへ寄ってきたんだ。相当な額を娘に、同じく親戚《しんせき》一同に、それから慈善団体にもたっぷりと寄付を……と、そこで、目が覚めたんだな。この遺言に自分は入ってないじゃないか！　他人ばっかりだ！　とね。

これからは自分にもよい思いをさせてやろうじゃないか、と決めたんだよ」


師は言う。

きみが夢を追う道を歩むと決めたのなら、その夢をつらぬくことだ。「自分がほしかったのは、まだこんなものじゃない」、そんな言い訳をして出口の扉を開け放っておいてはいけない。この言葉は扉のなかに居座り、敗北の種を蒔《ま》く。

自分の道は自分で担うことだ。迷いつつ歩まねばならぬときも、今よりもよりよいやり方があるとわかっていても。現在の可能性を受け入れることができるなら、間違いなく将来は現在よりよくなっているはずだ。

だが、自分の限界を否定したら、その限界から逃れることは決してないだろう。勇気をもって自分の道に向き合いなさい。他人の批判など恐れることはない。そして、なによりも、自分自身の批判の声を聞いて自分を縛らないように。

眠れぬ夜には神がそばにいてくださる。そして、ひっそりと流す涙をその愛でぬぐってくださるだろう。

神は、勇者の神なのだ。


師が、弟子たちに食べものを調達するようにと頼んだ。彼らは旅の途中にあって、しばらく満足に食べていなかったのだ。

夕方になり、みな戻ってきた。それぞれが、他人の施しを受けてわずかなものを手にしていた。腐りかけた果物、固くなったパン、酸っぱくなったワインなどである。

ところが、ひとりの弟子が熟れた林檎《りんご》を袋につめてきた。

「師を助け、兄弟たちのためになるなら、わたくしはなんでもいたします」林檎をみんなに分けながら、彼は言った。

「それをどこで手に入れたのだ？」と師は訊ねた。

「盗まねばなりませんでした」と弟子は答えた。「わたくしたちを神の言葉を広めている者と知りながら、彼らは古くなった食べものしかくれようとはしなかったものですから」

「それであるなら、林檎を持ってここから去り、二度と戻るでない」と師は言った。「わたしのために盗む者は、いずれわたしから盗む者となるのだ」

われわれは、夢と理想を求めて世界へと踏み出していく。多くは、すぐそばにあるものを手の届かぬところへと自ら遠ざけている。その過ちに気づくと、近くにあるのに遠くを探してしまった、時間を無駄にした、と感じる。見当違いの歩みを、不必要な探求を、それまでにあった不愉快な出来事を思っては自分を責める。

師は言う。

たとえ宝が自分の家に埋められていたとしても、それを見つけるのは家を遠く離れたときである。ペトロが否定という痛みを経験していなければ、彼は教会の長には選ばれなかったであろう。放蕩《ほうとう》息子がなにもかもを捨てていなければ、父は息子を歓待することはなかったはずだ。

われわれの人生には、次の言葉がレッテルのように貼られている出来事がままある。

〈わたしの価値をあなたが知るのはわたしを失い、そしてふたたび手に入れたときだ〉。

ここで近道を探そうとしても無駄なことなのだ。

師が愛弟子《まな》を呼んで、修行の進み具合はどうかと訊ねた。弟子は、一日の一瞬一瞬を神のために捧げることができていると答えた。

「では、残るは敵を許すことだけだな」と師は言った。

すると、弟子は動転して顔をあげた。

「そんな必要はありません！　わたくしは敵に怒りなど持っておりません！」

「きみは、神は自分に怒りをお持ちだと思っているか？」

「とんでもないことを！」弟子は答えた。

「それでもきみは神に許しを請うのだろう? 敵にも同じことをしなさい。たとえ彼らに憎しみを持っていなくても。許すことができる者は自らの心を清め、香り高くしているのだ」

激しい爆音が轟《とどろ》くトゥーロン攻囲戦のさなか、若きナポレオンは風の中の葦《あし》のように震えていた。

ひとりの兵士がそんな彼を見て、ほかの兵士に言った。

「こいつは死ぬほど震え上がってるぜ、見てみろ!」

「そのとおりだ」とナポレオンは答えた。「だが、おれは戦い続ける。もし、おまえが今のおれの恐怖の半分でも感じていたら、とっくにここから逃げ出しているに違いない」

師は言う。

恐怖は臆病《おくびょう》を示すものではない。人生のここぞというとき、恐怖があるからこそわれわれは勇気と威厳をもって立ち向かうことができるのだ。恐怖を感じる者——恐怖がありながらも前に進み、恐怖に押し潰《つぶ》されない者——は、勇者の証《あかし》を立てているのだ。一方で、危険も顧みず、むやみに危ない状況に立ち向かっていく者は、ただ無責任なだけだ。

旅人は、射的や簡単な食事を売る屋台が立つ聖ジョアンの祭りにいる。ふいに道化が現れ、旅人の仕草をいちいち真似しはじめる。周りの人たちは笑いだし、彼自身もおもしろがる。最後に旅人は道化にコーヒーを一杯ご馳走《ちそう》しようと申し出た。

「〝生きる〟ことにしっかり関わりなさい」と道化は言う。「あなたが生きているというのなら、腕を振ったり、とび跳ねたり、騒いだり、笑ったり、人としゃべったりしなければいけない。生と死とはまるっきり正反対のものなのだから。

死ぬ、ということはずっと同じ格好でいる、ということだ。あまりにも静かにしている人は、生きているとは言えないのだ」

権勢を誇る君主がひとりの神父を呼びつけた。噂によれば、この神父には人の病を癒《いや》す力があるという。君主は背中の痛みに悩んでいたのである。

「神がわたくしたちをお助けくださいます」と神父は言った。「しかし、その前に痛みの原因を探らねばなりません。告解をすることによって、人は自らの問題に面と向かい合い、いろいろなしがらみから自分を解き放つことができるのです」

そう言うと、神父は君主の生活についてこまごまと聞きはじめた。身辺の人間の扱い方から、王国を統治するについての苦悩や不安まで。君主はこうした問題について考えるのが煩わしく、神父にくるりと背を向けてしまった。

「そのことについては語りたくない。悪いが、質問なしで治してくれる誰かを呼んでくれ」

神父は出ていくと、半時間ばかり後にひとりの男を連れて戻ってきた。

「お申し出どおりの人間でございます」と神父は言った。「このわたくしの友人は獣医でございまして、患者と口をきくことはございません」

弟子と師がある朝、草原を歩いていた。

弟子は、身体を清めるにはどのような食べ物がよいかと師に訊ねた。いくら師がすべての食物は神聖なものだと説いても、弟子は信じようとはしなかった。

「神に近づくことのできる食べ物があるに違いありません」と弟子は言いつのった。

「うん、おまえの言うとおりかもしれない。たとえば、あそこに生えているキノコだが」と師は言った。

弟子は、あのキノコを食べれば清められ法悦が得られるのかと喜んだが、キノコの側まで行って叫んだ。

「毒キノコだ！　これを食べたら数時間のうちに死んでしまいます！」ぞっとした面持ちで弟子は言った。

「だが、これよりほかに神に近づけそうな食べ物は知らないのだよ」と師は答えた。

一九八一年の冬、旅人が妻とともにプラハの町を歩いていると、周囲の建物の絵を描《か》いている少年に出会った。

旅人はそのなかの一枚が気に入ったので、買うことにした。金を渡そうとして、少年が手袋をしていないことに気づいた。零下五度の寒さだというのに。

「なぜ手袋をしないんだい」と訊ねると、

「鉛筆が持てなくなりますから」と彼は答えた。

しばらくプラハの町について話し、少年は旅人の妻の似顔絵を描くと申し出て、代金はいらないから、と言ってくれた。

少年が絵を描き終わるころ、旅人はふと不思議なことに気がついた。この少年と会話をしたのは五分間ほどであったろうか。ところが、どちらも互いの言葉がまったくわからないのである。

会話はすべて身ぶりと、笑顔と、表情だけだった——だが、なにかを分かち合いたいという気持ちが、彼らを言葉のいらない世界へと連れて行ってくれたのである。


ハッサンが友だちに連れられてモスクへいくと、その入り口では盲人が施しを乞《こ》うていた。

「この人はこの国で一番の物知りなんだよ」と友だちは言った。

「おじさんは目が見えなくなって何年たつの」とハッサンは聞いた。

「生まれたときからだよ」と男は答えた。

「それで、どうやって物知りな人になれたの？」

「どうしても目が見えないということがいやで、天文学者になろうとしたのさ」と男は答えた。「空が見えないんだから、星や、太陽や、銀河を自分で想像しなけりゃならなかった。そうやって神のお創《つく》りになったものに近づいていくうちに、結果として神の英知に近づいていったのだよ」

スペインの田舎町、オリテの近くにある居酒屋の入り口に張り紙がある。店の主人が書いたものだ。

「すべての答えを見つけたと思ったそのとき、すべての問いが変わってしまった」

師は言う。

われわれは、つねに答えを探そうと汲々《きゆうきゆう》としている。人生の意味を理解するのに答えが重要なものだと考えているのだ。

そんなことより重要なのは、満ち足りた気持ちで日々を生きること、そして、時がおのずからわれわれの存在の秘密を解き明かすまで、そっとしておくことだ。なにかの意味を見つけようとあまり躍起になりすぎると、自然の流れを妨げてしまう。そうして、われわれは神のしるしを読むことができなくなるのだ。

オーストラリアの言い伝えである。ある日、ひとりの魔術師が三人の姉妹とともに歩いていると、その時代にもっとも名を馳《は》せた戦士が近づいてきた。

「その美しい乙女たちのひとりと結婚したい」と彼は言った。

「だれかひとりが結婚したら、ほかの姉妹が悲しみます。三人の妻を娶《めと》れる部族を探しているところなのです」魔術師はそう言うと、戦士から離れていった。

その後、何年もかけてオーストラリアの大陸を歩きまわったが、そのような部族を見つけることはできなかった。

「わたしたちのうち、少なくともだれかひとりは幸せになれたのではないかしら」すでに年をとり、歩くことにくたびれはてたひとりの姉妹がそうぼやいた。

「わたしが間違っていた」魔術師は言った。「だが、時すでに遅し、だ」

そして彼は三人の姉妹たちを石に変えた。ひとりの幸せがほかの者の悲しみを招くということはないと、その前を通った者がわかるようにと。

ジャーナリストのワグナー・カレッツリがアルゼンチンの作家、ホルヘ・ルイス・ボルヘスを取材した。

取材を終え、ふたりは言葉を超える言語や、隣人を理解するのにどれほど大きな能力が人間に備わっているのかについて語り合った。

「ひとつ例を挙げよう」ボルヘスは言った。

そして、彼は不思議な言葉で何ごとかを言い始め、言い終わると、なんと言ったかわかったか、と聞いてきた。

ワグナーが口を開く前に、隣にいた写真家が答えた。

「父なる神の祈りの言葉ですね」

「ご名答」ボルヘスは言った。「フィンランド語で唱えたのだよ」

サーカスの調教師は、象をつないでおくのにごく単純なトリックを使う。象がまだ子どものときに、四本ある脚のうちの一本に綱をつけ頑丈な木につないでおく。どれほどがんばっても、子象は綱から逃げることはできない。少しずつ、木は自分などよりもずっと強いのだと子象は思い込むようになる。

象が成長して強大な力をもつようになっても、一本の脚に綱をゆわえて若木にでもつないでおけば、絶対に逃げようとしない。何度試しても無駄だったことを覚えているからだ。

こうした象のように、われわれの脚もまた、ひどく脆弱《ぜいじゃく》なものに縛られてはいまいか。幼いころに縛られていた木に慣れすぎてしまって、思い切ったことができなくなっているのではないだろうか。

勇気をふるってちょっとした行動を起こしてみたらすっかり自由になれるのだ、ということに気づかぬままに。

神についてどんなに説明を受けても無駄なことである。どれほど美しい言葉の数々を耳にしたところで、それらは虚《むな》しい。同じように、愛について事典をまるまる読んだとしても、愛とはなにかと知ることはできないだろう。

師は言う。

神の存在を、もしくは不在を、証明できる者はどこにもいない。人生で起こるいくつかの出来事は経験するためにあるのであって、説明を受けるためにあるのではない。

愛も同じことだ。神——つまり愛——も然り。「天の国は子供たちのものである」とイエスは説いた。この意味で、信仰は幼少期の体験になぞらえられる。

神はあなたの頭から入ってはこない。神が使うのは、あなたの心のドアだ。

に言っていた。

ヨアンネス神父はたいへんよく祈りを捧《ささ》げたので、もうなにも心配はいらないだろう、彼は自分の感情を制御できるようになったのだから、と修道院長はことあるごとに言っていた。

その言葉がスケーティスの修道院のある賢者の耳に届いた。

彼は夜食の後、新入りの修道士たちを集めた。

ヨアンネス神父がどのような誘惑にも揺らぐことがない、という噂をあなた方も聞いていることだろう、と賢者は言った。闘いがなくなると魂は弱まるものだ。ヨアンネス神父にことのほか強い誘惑を与えてくださるよう、神に祈ろうではないか。彼がこの誘惑にも打ち勝つことができたなら、さらに強い誘惑を、そしてその次にはもっと強い誘惑を祈ろう。彼がふたたび誘惑に立ち向かっているときには、彼が決してこう言わないようにと祈るのだ。「主よ、この悪をわたくしから遠ざけてください」と。どうぞ彼にこう言わせてください、と祈ろう。「主よ、この悪に立ち向かう力をお与えください」と。

一日のうち、周囲がぼんやりとしか見えなくなるときがある。夕暮れ時だ。光と闇が出合う——そのとき完全な明るさも、完全な暗さもなくなる。この瞬間を神聖な時間とみなすスピリチュアルな教えは多い。

カトリックでは夕方六時にアヴェ・マリアの祈りを捧げよと教える。ケチュアの伝統では、日中に会った友人と夕暮れまで一緒にいたならば、「こんばんは」と挨拶《あいさつ》して、もう一度出会いなおさねばならない。

夕暮れ時には惑星と人間の調和が試される。神は光と影を混ぜ、地球はそれでもまだ回り続ける勇気があるのかをご覧になっているのだ。

地球が暗さにおびえることがなければ、その夜は過ぎていく——そして太陽がもどってきてふたたび輝きだすのだ。

訳注　ケチュア。かつてインカ帝国を興した南米の原住民。

ドイツの哲学者ショーペンハウアーがある問いに頭を悩ませながらドレスデンの街を歩いていると、とある庭が目にとまり、そのまま何時間も庭の花に見入っていた。近所の人間が彼の挙動を不審に思い邏卒《らそつ》を呼んだ。数分後、邏卒がやってきてショーペンハウアーに近づいた。

「おまえは何者だ？」邏卒は厳しい声で訊ねた。

ショーペンハウアーは目の前の男を頭のてっぺんから足の先まで眺めまわすと、言った。

「あなたがその問いに答えてくれたら、わたしは生涯あなたに感謝するでしょうよ」

ある男が英知を求めて山に入ることを決意した。その山には二年に一度、神が姿を現すといわれているのだ。

一年目は大地が与えてくれるあらゆるものを食べた。だが、やがて食べるものが尽き、町に戻らざるをえなくなった。

神は不公平だ！　と彼は不平を述べたてた。神の声を聞こうと、これまでずっとここにわたしがいたのをご覧にならなかったのか。空腹を抱えて、わたしは神の声を聞かぬまま町に戻るのだ。

このとき、天使が現れた。

「神はあなたとお話をしたいと強くお望みでいらっしゃいます」天使は言った。「そこで、一年のあいだ、ずっとあなたに食べものをお与えになりました。あなたが翌年の食べものをどうするか考えるだろう、と期待をなさって。

そのあいだ、あなたはなにを植えましたか？　自分が住む場所になにひとつとして実を産みだすことができない人は、神と語り合う用意ができていないということです」

われわれはこう考える。「やれやれ、まったく人間の自由というものは、自分がなにに隷属するかを選ぶということなのだな。一日八時間働いて、昇進でもすれば一二時間働くことになる。結婚したら、ひとりの時間なんて皆無だ。神を求めようと思えば、礼拝だのミサだの儀式だのに行かねばならない。この人生で大事なもの――愛とか、仕事とか、信仰とか――は、結局重い荷となっていくんだ」

師は言う。

愛によってのみ、われわれは束縛から逃れることができる。愛をもってなすことのみが、われわれを自由にするのだ。

愛することができないというなら、今ここで止まってしまうほうがましだ。イエスは言った。〈左の眼を病めば、それを突け。その病のせいで全身が闇のなかで滅びていくよりも、片方の眼が盲《めしい》となるほうがよい〉

厳しい言葉である。だが、まさにそのとおりだ。

ある隠者が、週に一度食べものを口にするだけという断食を一年間続けることができた。これほどの努力をしたのだからと、彼は聖書のなかのある一句の真の意味を教えてほしいと神に祈った。

　ところが答えは聞こえてこなかった。

「なんと無駄な時間を過ごしたのだろう」隠者はひとりでつぶやいた。「これほどの犠牲を払ったというのに神はわたしに答えてはくださらない！　さっさとここを出て、どこかの僧にでもあの句の意味を訊ねたほうがましだ」

　そのとき、天使が現れた。

「一二ヵ月間の断食で、あなたは自分が他の者より優れているという確信を得ただけでした。神は驕《おご》れる者の願いは聞きいれてくださいません。ですが、その後あなたは謙虚になり、隣人に助けを求めようとしたので、神はわたくしをつかわされたのです」

　そして天使は彼が知りたがっていたことを教えたのである。

師は言う。

言葉には意味が明白にわかるように構成されたものがある、と知っているだろうか。たとえばポルトガル語で「心配」（preocupação）という言葉がある。この言葉はpré（先）とocupação（占有）に分けることができる。つまり、何かが起こる前からそのことにかかりきりになる、という意味である。

この宇宙のなかで、まだ起きていないことにかかりきりになる力を持つ人がいったいいるのだろうか？

案ずることはない。自分の進む方向と道にのみ気をつけていればよい。自分に授けられた光の剣の扱いを覚えるために必要なことをすべて学ぶのだ。

友が、師が、そして敵が、どのように闘うのかを見るのだ。

よくよく修練を積むがよい。そして最悪の過ちを犯さないようにするのだ。それはつまり、敵が次にどんな一撃を見舞うのか自分にはわかっているという思い込みだ。

金曜日だ。あなたは家に帰るとその週に読めなかった新聞をいくつか手に取る。テレビを消音にしてつけ、音楽をかける。新聞のページをめくりながらリモコンでチャンネルを次々に変え、流れる音楽に耳を傾ける。新聞には特に目新しいことは書いていない。テレビ番組は見たことがあるようなものばかりだ。それに、今かけている音楽はもう何十回と聴いている。

あなたの妻は子どもたちの世話をしている。若い盛りを犠牲にして、なぜこんなことをしているのか自分でもわからないままに。

言い訳があなたの頭をよぎる。〈うん、人生なんてこういうものさ〉。いや、違う。人生はそんなものではない。人生とは情熱だ。どこに情熱を置いてきてしまったのか、考えろ。手遅れになる前に、妻と子どもたちにしっかりと寄り添うのだ。夢を追うのに愛が邪魔になるなどということは決してないのだから。

クリスマス・イブ、旅人は妻とともにもうすぐ終わる一年を振り返っている。ピレネーの山あいの小さな集落にある唯一のレストランで夕食をとるあいだ、旅人は思い通りに運ばなかったあることについて愚痴を言いはじめた。

妻はレストランに飾られているクリスマス・ツリーをじっと見つめている。旅人は妻が話に興味がないのかと思い、話題を変えた。

「ツリーの電飾がきれいだね」と声をかける。

「そうね」と妻は答える。「だけど、よく見ると切れてしまっている電球もあるの。あなたはこの一年間にあった輝かしいたくさんの恵みを見ようともせず、明かりの消えた一個だけの電球ばかりを見ているように、わたしには思えるわ」

「あの道を行く、敬虔《けいけん》で慎ましい男が見えるか？」悪魔が相棒に言った。「いいか、これからあの男の魂をもらってやる」

「あれは聖なるものしか目に入らないから、おまえの言うことなんぞ聞くもんか」と相棒は答えた。

だが悪魔はいつもどおり、悪賢くも大天使ガブリエルの格好をして男の前に姿を現し、言った。「おまえを救いにきた」

「だれかとお間違いじゃございませんか」と信心深い男は答えた。「天使さまのお姿が見えるほどの善行を、わたくしがしたことがあるとは思えません」

そして、自分が何から逃れたのかも知らぬまま、その男は歩みつづけた。

アンジェラ・ポントゥアルはブロードウェイに観劇に来ていたが、休憩時間にウィスキーを飲みに席を立った。煙草を吸う人、会話に花を咲かせる人、一杯飲む人などで喫茶室は満席だ。

ピアノ奏者がピアノを弾いていた。彼の音楽に耳を傾ける者はひとりもいない。アンジェラは酒をすすりながら彼をじっと見つめた。ピアノ奏者は見るからにうんざりしており、義務的にピアノを弾いているだけで、さっさと休憩時間が終わらないかと願っているのが見えみえだった。

三杯目のウィスキーを片手に、多少千鳥足でアンジェラはピアノ奏者のところまで行くと、怒鳴りつけた。

「あんたねえ！　自分のためだけにピアノを弾いてみなさいよ！」

ピアノ奏者ははっとして彼女を見た。そして、自分が好きな音楽を弾きはじめた。ほどなくして喫茶室は静まり返った。

ピアノの演奏が終わるや、観客はみな熱い拍手を彼に送ったのだった。

アッシジのフランチェスコは誰からも好かれる若者だったが、すべてをなげうち、自分の仕事を成し遂げた。アッシジのキアラが貞潔の誓いを立てたときは、美しい乙女だった。ライムンドゥス・ルルスは、当時の偉大な知識人たちと知遇を得ていたが、身を引いて砂漠へと向かった。

精神の道の探求とは、なによりも挑戦である。抱えている問題から逃げるためにその道を歩もうとする者は、なかなか前に進めないものだ。

友人も作れないようなひとが、世界から身を引くことにはなんの価値もない。自分の食い扶持《ぶち》も稼げないようなひとが清貧を誓ったところでなんの意味もない。臆病でなにも求めることができないひとが謙虚になることを誓っても無意味である。

一方は、持ってはいるが、それを拒んでいる。もう一方は、持たないでいて、持つ者を責めている。無力な人間が貞潔を説いて回るのはたやすい、だがそれにどんな価値があるというのだ？

師は言う。神の創りたもうたものを称《たた》えよ。世界に向きあい、自分自身に打ち克《か》て。

・・・

気難しい人間になるのはなんとたやすいことか。まわりの人間から距離を置けばそれでよい。そうすればあれこれ悩まされることもない。

愛も、落胆も、かなわぬ夢も、どんなリスクも負うことはない。

気難しい人間になるのはなんとたやすいことか。電話をかけねばと気を遣うこともないし、助けを求めてくる誰かに煩わされることもなければ、優しさを見せねばならないと思い悩むこともない。

気難しい人間になるのはなんとたやすいことか。象牙《ぞうげ》の塔にこもっているふりを、涙などひと粒も流したことなどないふりをすればよいだけだ。残りの人生、自分という存在はなにかの役を演じているだけだというふりをするだけでよい。

気難しい人間になるのはなんとたやすいことか。手中にある人生の最良のものをこぼしていけばよいのだから。


患者は医者に向き合うと言った。

「先生、恐怖がわたしにとりついているのです。生きる喜びをすべてわたしから奪っていってしまうのです」

「この診療所にはネズミが一匹いるようでしてね。本をかじってしまうんですよ」と医者は話し始めた。「それでわたしが怒り狂う姿を見せたら、やつはこっそり隠れてしまうでしょうね。そしてわたしはネズミを捕まえることで頭がいっぱいになってしまうに違いありません。

だからですね、大事な本だけは安全な場所に移して、ほかの本はかじらせておくことにしたんです。

こうすれば、やつはただのネズミのままで、怪物になることはないでしょう。ある程度の恐怖を持つのはよいことですよ。そして、その恐怖に集中するんです――そうすれば、ほかのものに対しては勇気を奮い起こせるようになりますよ」

師は言う。

たいていは、愛することは愛されることよりも簡単だ。

他人の手助けや援助を受け入れるのは難しい。自分が自立した人間だということを誇示しようとして、隣人が愛を示そうとするのを阻んでしまうことがある。

老親は、幼いときに与えてもらった慈しみを返そうとする機会を子どもたちから奪っている。多くの夫（もしくは妻）たちは、不運に見舞われても、伴侶《はんりょ》にたよるのを恥と思う。こうしていくうちに、愛情という水は周囲に浸《し》みわたらなくなってしまう。

隣人が愛を示そうとする行為を受け入れよう。誰かがわたしたちを助けよう、手を差し伸べよう、このまま続けていけと励ましてくれようとしている、その行為を許すのだ。

こうした純粋で謙虚な愛情を受け入れるようになれば、愛とは与えるものでも貰《もら》うものでもないということがわかるようになるはずだ。愛とは、分かち合うものなのだ。

エバがエデンの園を散歩していると、蛇が近づいてきた。

「この林檎を食べなさい」と蛇は言った。

エバは、神からよく言い聞かされていたので拒んだ。

「林檎を食べなさい」蛇はさらに言った。「あなたの男のためにもっと美しくならなければ」

「そんな必要はないわ」エバは答えた。「わたしのほかには女はいないのですもの」

蛇は嗤《わら》った。

「なにを言うか」

それでもエバが信じないので、蛇は井戸に彼女を連れて行った。

「その女はこの穴の中にいる。アダムがここに隠したのだ」

エバがのぞき込むと、水面に映る美しい女が見えた。蛇が差し出す林檎をエバが迷うことなく口にしたのは、そのときであった。


作者不詳「心の手紙」からの抜粋。

「心から大事なひと。わたしは決してあなたを責めず、批判せず、あなたの言葉を恥ずかしいと思うことはありません。あなたが神の大事な子であることを知っています。神があなたを愛に満ちた輝く光の中でお守りくださることを知っています。

わたしの大事なひと、わたしはあなたを信じます。あなたのそばにいて、祈りのときにはいつもあなたへの恵みを、必要なときには助けと支えがあるようにと願います。

わたしの大事なひと、わたしはあなたの愛を信じます。あなたがその愛を、分かち合うべきひとと分かち合い、本当に必要としているひとに与えることを信じます。わたしの歩む道があなたの歩む道であることを、そしてともに神へと通じる道を歩むことを信じています。

そしてあなたにお願いします。わたしを信じてください、と。わたしがあなたを愛していることを心に留めてください。そして、あなたがわたしのこの胸を喜びで満たし続けてくださるために、わたしはあなたに必要な自由を与えるつもりであることを。あなたのそばでわたしが邪魔にならないようにできることをすべてするつもりです」

師は言う。

われわれが行動を起こそうとすれば、思いもよらぬ諍《いさか》いが出てくるのは自然なことだ。そのような諍いの結果、傷つくことがあるのも自然なことだ。傷は癒える。傷あとは残るが、これこそが恵みなのである。この傷あとは生涯残るだろうが、同時に大きな助けにもなるだろう。いつか――自分の都合で、もしくはほかの理由で――過去に戻りたいという気持ちが強くなったら、傷あとを見ればよい。

その傷あとは、手かせ、足かせの痕跡《こんせき》である。囚《とら》われることの恐怖を思い起こさせる――こうしてわれわれは前に進み続ける。

聖パウロは「コリントの信徒への手紙」の中で、優しさこそが愛の最も特徴的なもののひとつだと言っている。

このことをわたしたちは決して忘れてはならない。愛とは思いやりなのである。凝り固まった魂では、いくら神とてその手で望み通りの形を作ることはできないであろう。

旅人がスペインの北部で小さな道を歩いていたとき、ひとりの農夫が庭に横たわっているのを見た。

「あなた、花をつぶしてしまっていますよ」と旅人は声をかけた。

「そうではない」と農夫は答えた。「わたしはこうして花の優しさを少しでももらえないかと試しているのだ」

師は言う。

毎日祈りなさい。言葉を発せずとも、願いがなくても、祈る理由がなくても、祈りを習慣とするのだ。最初は大変だと思うだろうが、そのときには自分自身にこう言うのだ。「とにかくあと一週間は毎日祈ろう」と。そしてこの決めごとを毎日七日間新たにしていけばよい。

精神世界とのつながりを深めているだけではない、自らの意志を育てているのだということを忘れぬように。いくつかの実践を通してこそ、わたしたちは人生の真の闘いのために必要な学びを得るのである。

決めごとを忘れ、翌日に二回祈ればいいというものではない。週に一度、七回祈れば、ほかの日のぶんの勤めも果たしたということにはならない。

きちんと決まったリズムの中に組み込まれるべきものもあるのだ。

師は言う。

道が交わる場所は神聖な場所だ。巡礼者はそこでひとつの決断を下さねばならない。それゆえ、多くの神がそこで眠り、食事をするのである。

道が交わるところは、ふたつの大きなエネルギーが集まるところでもある――一方の道は選ばれ、もう一方の道は捨て置かれる。その場所で双方はひとつの道となる――だが、それもほんの一瞬のこと。

巡礼者はそこで身を休め、しばし眠り、またはそこにいる神々に意見を求めることすらするかもしれない。だが、そこにずっととどまっていることはできない。一度道を選べば、進まなかった道に思いを残さず前へと歩まねばならないのだ。そうでなければ、道が交差する場所は邪悪なものとなりかわってしまう。

真理という名の下で、人類はその最も重い罪を犯してきた。その名の下で、男も女も火刑に処せられた。ある文明の文化がまるごと破壊された。肉を食する罪を犯した者は遠ざけられた。周囲とは違う道を求めた者は排斥された。彼らのうちのひとりが、「真理」の名の下で十字架にかけられた。だが、彼は死ぬ前に真理について偉大な定義を残したのである。

真理とは、

われわれに確実なものを与えるものではない。

われわれに深みを与えるものではない。

ほかの者よりもわれわれをよくするものではない。
われわれを偏見という牢《ろう》に留め置くものではない。
真理とは、
われわれを自由にするものである。
「あなたたちは真理を知り、真理はあなたたちを自由にする」と、そのひとは言った。

スケーティスの修道院でひとりの僧が重大な罪を犯した。そこで、彼を裁くために、賢明なことで知られる隠者が呼ばれた。

隠者は断ったが、スケーティスの僧たちがあまりに食い下がるのでしかたなく出向くことにした。隠者は桶《おけ》を持ちだしてくると、底に穴をいくつも開けたあとで桶に砂を入れ、修道院へと出かけた。

修道院長は隠者を出迎え、持ってきたのはなにかと訊《たず》ねた。

「わたしは隣人を裁くためにやってきました」と隠者は答えた。「わたしがこれまで犯した罪は、ちょうどこの砂のように、わたしの後ろにこぼれ落ちています。ですが、わたしは後ろを振り返ることはいたしません。そしてこれまで犯してきた罪のことを省みもせず、隣人を裁くためにここに呼ばれたのです」

それを聞いた修道院の僧たちは、すぐさま裁くことをやめた。

ピレネーの小さな教会の壁に書かれていた言葉である。

「主よ、今わたくしが灯《とも》したこのろうそくが決断と困難の時にわたくしを照らす光となりますように。

わたくしのなかの利己心と、慢心と、不純な心とをあなたが焼き払う火となりますように。

あなたがわたくしの心を温め、愛することを教えてくださる炎となりますように。

わたくしはあなたの教会に長くいることはできません。ですが、このろうそくを灯すことで、わたくしの一部が少しでもここに残ることができるのです。今日一日の行ないにこの祈りが通じておりますように。アーメン」

旅人の友人がネパールの修道院で数週間を過ごすことにした。ある午後、修道院にある数多くの聖堂のひとつに入ると、祭壇に座ってほほえむひとりの僧と出会った。

「なぜほほえんでおられるのですか」友人はその僧に訊ねた。

「わたしにはバナナの意味がわかるからですよ」僧はそう言うと、もっていた袋の口をあけ、腐ったバナナを取りだした。

「これは、食べごろを逃し、時すでに遅しとなった人生です」

次にまだ青いバナナを取りだしてみせると、また袋にしまった。

「これはまだ何も起きていない人生です。ちょうどよい頃合いを待たねばならない」

最後に、熟したバナナを取りだし、皮をむいて半分に折ると、友人に手渡して言った。

「これが今、現在です。恐れずに生きることを学びなさい」

ブラジルの歌手ベイビー・コンスエロは息子を映画に連れていくつもりで、必要な分だけのお金をきちんと数えて出かけた。

息子は興奮して、あとどれくらいで映画館に着くのかとそればかりを聞いてくる。

信号で車を止めたとき、ひとりの物乞いが道端に座っているのが目に入った——だが、彼はだれにもなにもねだってはいない。

「手元の金をあるだけ全部、彼にあげなさい」という声が聞こえてきた。

ベイビーはその声に抗《あらが》おうとした——でも、息子を映画に連れていくと約束したんです。

「全部だ」声はなお言った。

「せめて半分にしてください。息子はひとりで映画を見て、わたしは外で待っていればいいですから」

だが、声はがんとしてゆずらなかった。

「全部だ」

息子に説明する間もなく、ベイビーは止めた車から腕を伸ばしてありったけの金を物乞いに差し出した。

「神さまはほんとうにいるんだ。奥さん、あなたがそれを証明してくれた」と、物乞いは言った。「今日はおれの誕生日なんだ。それなのに、おれはひとの情けをちょうだいするばっかりだって、がっくりきてね。今日はだれにもなんにもねだるまいと決めたんだ。神さまがほんとにいるなら、きっとプレゼントをくださるだろうと思ってね」

大荒れの天気のなか、ひとりの男がある村を通り過ぎようとして家が一軒燃えていることに気づいた。

近づいてみると、男がひとり、眉毛《まゆげ》までちりちりと焦がしながら燃えさかる部屋のなかに座っているのがわかった。

「おい、家が燃えているじゃないか！」と巡礼をしていた男は声をかけた。

「知ってますよ」と家の男は答えた。

「なんで出てこないんだ」

「雨が降ってるでしょう」とその男は答えた。「雨にぬれると肺炎になるよ、と母がよく言っていたものですから」

ザオ・チーは寓話《ぐうわ》についてこう述べている。「賢人とは、自分の立場が危ないとわかったときに、そこを立ち去ることができる者のことを言う」。


魔術の教えには、弟子たちに一年に一度、もしくは必要に応じて週末になると、家のなかの物と対話させるというものがある。

彼らは、ひとつひとつに手を触れて声に出して問うのだ。

「本当にこれが必要だろうか？」と。

本棚の本に触れる。

「この本をまたいつか読むだろうか？」

しまっておいた思い出の品々を眺める。

「これを見て思い出すあの瞬間は、今でもわたしにとって大事なものだろうか？」

家中の棚を開ける。

「もうどれくらいこれを持っていて、使わないままでいるだろう？　本当にこれからも必要なのだろうか？」

師は言う。

物にはそれぞれのエネルギーがある。使わないままでいると、エネルギーは淀《よど》んだ水のように家にたまる——ボウフラが湧き、濁りを作るにはうってつけの場所だ。よく気をつけて、エネルギーの流れをよくしておかねばならない。古びたものをいつまでも持っていると、新しい物がその力を発揮する余地がなくなってしまう。


ペルーの言い伝えによると、だれもがみな幸せだった町があったそうだ。住人はみな、自分の思い通りのことをし、互いによくわかり合っていたのだという。だが、町長だけは住民たちを管理することができずに浮かぬ顔だった。

牢獄《ろうごく》はからっぽで、裁判所は使われたこともなく、公証役場はちっとももうからない。だれもが紙に書かれたことよりも言葉を大事にするからだ。

ある日、町長は遠くから職人を呼んで町の広場の真ん中に柵《さく》を立てさせた。とんかちのカンカンいう音やのこぎりが木材を切るギイギイという音だけが中から聞こえてくる。

一週間たつと、町長はできたものを披露すると言って町の住民全員を集めた。うやうやしく柵が取り払われると、そこに姿を現したのは……絞首台だった。

みんなはなんのための絞首台かと噂し合った。恐怖心から、だんだんと以前までは暗黙の了解で済んだものがいちいち公正かどうか考えはじめるようになった。それまでは口約束で済んだことも、書類で記録しておこうと公証役場に足を運ぶようになった。そして町長を恐れて、彼の言うことに耳を傾けるようになった。

その絞首台が使われることはなかったという。だが、そこに鎮座するだけですべてを変えてしまうには充分だったのだ。

オーストリアの心理学者ヴィクトール・フランクルはナチの強制収容所での体験について の著書でこう書いている。

屈辱的な労役のさなか、ひとりの囚人がこう言った。「ああ、女房たちがおれたちのこんな姿を見たらどう思うだろう！」

このひと言でわたしは妻の顔を思い出し、するととたんに、今いるこの地獄から抜け出ることができたのだ。生きる意欲がふたたび芽生え、人は、愛により、愛のなかへと救われるのだと理解した。

悲嘆にくれながらも、神を理解することができる自分がまだいるのだとわかった。愛する妻の面影をまだ心のなかで見ることができたのだから。

――わたしは、そのときその地獄にはいなかった。わたしには妻が生きているのか死んでいるのかを知るすべもなかったが、それは関係なかった。ひとりの人間からなにもかもを奪い去ることができたとしても、愛する者の面影を思い出すという恵みは残る。そして、それが救いとなるのである。

師は言う。

これから――そして今後数百年間――先入観に縛られた者たちの居場所はなくなっていくだろう。

地球のエネルギーは刷新されねばならない。新しい考えが生まれる余地が必要だ。肉体にも精神にも新たな試練が必要なのだ。未来がすぐそこでわれわれの扉をノックし、ありとあらゆる考え方が――先入観に縛られた考え方を除いて――あらわれ出ることとなるだろう。

残るのは大事なものばかり。不要なものは消えていく。だがしかし、人はそれぞれ自分自身の内に残されたもののみを判断すべきである。われわれは隣人の夢の善し悪しを判断する立場にはないのだから。

自分の道に確信を抱くために、他人の道が誤っていることを証明する必要などない。そのようなことをする人は、自分自身の歩みに自信を持てない人なのだ。

人生とは、長い長い自転車レースのようなものだ。ゴールはそれぞれの「個人の伝説」を完成するところにある。

スタート地点ではみんなが一緒にいる——仲間意識や興奮を共有しながら。だが、レースの中盤ともなると、最初のお楽しみが試練へととって代わる。疲れ、単調な動き、自分はどこまでやれるだろうかという疑い。あきらめて戦線から外れた仲間がいることにふと気づく——彼らはまだ走ってはいるが、それはただ、道の真ん中でどうやって止まればいいのかわからないから走り続けているにすぎない。そういう仲間は大勢いる。並走する車の横でただペダルを踏み、同じような仲間とおしゃべりをしながら、義務を遂行しているだけの人たち。

わたしたちは、そうした人たちからは距離を置くことにする。そうなると、孤独に、突然あらわれるカーブに、自転車のトラブルに、自分ひとりで向き合わねばならなくなる。

しまいには、いったいここまで努力する価値があるのだろうか、と自問するようにさえなる。

価値はある。あきらめない、ただそれだけだ。

師とその弟子がアラビアの砂漠を歩いている。師は、旅のあいだじゅう信仰について教えていた。

「あらゆることで神を信じなさい」と師は言う。「神はご自分の子どもたちを見捨てることは決してない」

夜になり、野営を張るときに、師は近くの岩に馬をつなぐようにと弟子に頼む。弟子は岩までは行くが、師の教えをふと思い出した。〈わたしは試されているのだ〉と考える。〈馬のことでも神を信じねば〉。それで、馬はつながずにおいた。

夜が明けたら、弟子は馬が逃げて行ってしまったことに気づく。腹を立てて、師のもとへといく。

「あなたは、神のことなどなにもわかっちゃいない」と不平を言いたてた。「わたしは神に馬を見ていてくれるよう任せたんだ。それなのに馬はどこにもいやしない」

「神は馬の面倒を見たかったのだよ」と師は答えた。「だが、そう思った神は、馬をつなぐのにおまえの手を借りようと思ったのだ」


「イエスは自分の使徒を何人か地獄に送ったんじゃないかと思う。魂を救うために」とジョン。「地獄でだって、誰もかれもが迷っているわけじゃないだろう」

これを聞いた旅人は仰天した。ジョンはロサンゼルスの消防士で、今日は非番だ。

「なんでまた、そんなことを言い出したんだい」と聞いてみた。

「なぜって、この地上でおれは地獄を経験してきてるからさ。炎が燃えさかる建物に入る。死に物狂いでそこから逃げ出そうとしている人たちを見る。たいていの場合、おれは捨て身でその人たちを助けようとするんだ。こういう煉獄《れんごく》の真ん中でなんとかして英雄らしくふるまおうとしているおれは、広大なこの宇宙のひとかけらにしかすぎない。このちっぽけなおれですら、こういうことをやってのけているんだから、イエスがなんにもしないわけがないじゃないか！　そりゃあ間違いなくイエスの使徒は地獄に送られて、ほかの魂を救ってるに違いないさ」

師は言う。

おおかたの原始的な文明は、死人を胎児のような体勢にして埋葬していた。〈彼は次の人生へと生まれ変わっていくのだから、この世界にやってきたときと同じ体勢にしてやるのだ〉ということらしい。変化という奇跡と常に近しいところにあった、このような文明にとっては、死とは宇宙の長い道のりのなかのひとつの通過点にすぎない。

こうした死に対する穏やかな見方が、世界から次第に失われていった。だが、われわれがどう考え、何をし、何を信じようと、みな、いつかは死ぬのだ。

メキシコのヤキ族の長老のようにふるまうのがよかろう。つまり、死を助言者とし

て使うのだ。そして常にこう自問する。〈自分は死ぬのだ。だとすれば、今、何をすべきだろうか？〉

人生とは、助言を求めることでも与えることでもない。助けがほしいのならば、ほかの人たちがどのように問題を解決しているのか、もしくはしていないのかを見るべきだ。

わたしたちの天使はいつでもそばにいて、多くの場合、だれかほかの人間の唇を借りてなにかを伝えようとしてくる。だが、天使の答えは思いがけないときに示されるものだ。そして、たいていそういう時には、どんなに気をつけていたつもりでも、心配事のせいで目が曇り、人生の奇跡を見逃してしまうのである。

天使には、天使が慣れ親しんだやり方で——そして、天使が必要だと感じたときに——話をさせたほうがいい。

師は言う。

助言は人生の理論だ——だが、それを実際に人生の中で実践しようとすると、たいていはまったく別のものになってしまう。

リオ・デ・ジャネイロのある神父の話である。

彼がバスに乗っていると、ある声が聞こえてきた。〈立て、今この場でキリストの言葉を広めよ〉と。神父はその声に語りかけた。

「こんなところで説教するなんて、乗客はみんな、わたしのことをおかしいんじゃないかと思いますよ」

だが、どうしても必要なのだ、という心の声が執拗《しつよう》に聞こえてくる。

「わたしは内気な人間なのです。そんなことをおっしゃらないでください」と神父は懇願した。

だが、内なる衝動は抑えきれない。

そこで彼は自分の立てた誓いを思い出した。キリストの意図することすべてを受け入れるのだと。彼は立ちあがった。身もだえするほど恥ずかしかった。だが、その場で福音《ふくいん》を説きはじめた。車内はしんと静まり返り、みんなが彼の言葉に耳を傾けた。神父はひとりひとりと目を合わせていったが、目をそらす乗客はほとんどいなかった。彼は感じたことをすべて話し、説教を終えるとふたたび席に座った。

あのとき自分がなした仕事がなんであったのか、今でもわからないと神父は言う。だが、ひとつなにかをなしとげたということには絶対の確信を持っているのだと。

アフリカの妖術師《ようじゅつし》が、見習いを森に連れて行った。年をとってはいるものの妖術師の動きは機敏であったのにくらべ、見習いはしょっちゅう足をすべらせて転んでばかりいた。そのたびに見習いは悪態をつき、すべりやすい地面に唾《つば》を吐き、師のあとを追いかけていくのであった。

長い時間歩き、ようやく神聖な場所にたどり着いたが、妖術師はそこを半周しただけで、立ち止まりもせず、帰路についた。

「今日はなにも教えてはくださいませんでしたね」と見習いは言うと、また転んだ。

「いや、教えたとも。だがおまえこそなにも学ばなかったように見受けられる」と妖術師は答えた。「おまえには、人生の過ちにどう向き合えばよいのかを教えているつもりなのだが」

「それでは、どう向き合えばよいのです？」

「自分が転んだときにどうしたのかを考えるのだ。転んだ場所を恨むのではなく、おまえの足をとり、すべらせたのはなんだったのかを見極めるべきだったのではないか」


ある午後、ひとりの隠者がスケーティスの修道院長を訪ねてきた。

「わたしの魂の修行の指導者はなにも教えてはくれません」彼は言った。「わたしは彼のもとを去るべきでしょうか？」

修道院長はひと言も答えず、隠者は砂漠へと帰って行った。一週間後、ふたたび彼は修道院長のもとへやってきた。

「わたしの魂の修行の指導者はなにも教えてはくれません。わたしは、彼のもとを去ると決めました」

「それこそが賢者の言葉だ」と修道院長は答えた。「みずからの魂が満たされていないと気づいたら、助言は必要ない。この人生で歩む道を守るには、自分で決断を下さねばならない」

ひとりの若い女性が旅人のところにやってきた。

「ひとつ、話を聞いていただきたくて」と彼女は話し始める。「わたしは、自分には癒《いや》しの力が備わっているとずっと信じていました。けれど、勇気がなくてだれにもこの力を試してみることができずにいたんです。ところがある日、夫の左脚がひどく痛みだしたのに、だれも助けてくれる人が近くにはいなくて――それで決心したんです。恥ずかしくてしかたありませんでしたけど、その脚に手を置いて痛みが消えてくれますようにと願ったんです。

本当に夫を助けられるかどうかわからずにとった行動でしたけれど、そのとき夫が祈っているのが聞こえてきたのです。『主よ、妻があなたの光を、あなたの力を伝えることができますように』と。するとわたしの手が熱くなってきて、脚の痛みはすぐに消えてしまいました。

後日、どうしてあんなふうに祈ったのかと夫に訊ねました。そうしたら、あれはわたしに自信をつけさせるためだった、と言うのです。あれから、わたしはみなさんを癒せるようになりました。あの言葉のおかげです」

哲学者アリスティッポスはシラクサの僭主《せんしゅ》ディオニュシオスの宮廷におり、その権力にこびへつらっていた。

ある日、アリスティッポスはディオゲネスが自分の食事用にレンズ豆を煮ているところにやってきた。

「ディオニュシオスに挨拶《あいさつ》をすれば、レンズ豆などを食べずともよくなるだろうに」

とアリスティッポスが言うと、ディオゲネスは答えた。

「レンズ豆を食べられるようになれば、ディオニュシオスなどにこびへつらうこともないだろうに」

師は言う。

すべてのものに何らかの価値があるのは確かだが、その価値は相対的なものだ。自分の夢を追っているうちは、他人から見たらみじめで不幸としか思えない様子のときもあるだろう。だが、他人がどう思うかなどは重要ではない。大切なのは心の内の喜びである。

トルコに住むひとりの男が、ペルシアにいるという偉大な師の噂を耳にした。

そこで、迷うことなく持ち物すべてを売り払い、家族に別れを告げて、英知を求める旅に出た。

何年も放浪した末にようやく偉大な師が住むという小屋の前までやってきた。男は、おそれおののきながらも小屋の戸をたたいた。

偉大な師がみずから戸を開けた。

「わたくしはトルコからやってまいりました」と男は告げた。「たったひとつのことを問うために、ここまで旅してきたのです」

長老は驚いた顔をして男を見た。

「よろしい。たったひとつだけ、問いに答えよう」

「正確にお訊ねしたいので、トルコ語で聞いてもよいでしょうか?」

「よろしい」と長老は答えた。「さあ、たったひとつの問いに答えたぞ。おまえの知りたかったことがどのようなものであれ、自分の心に訊ねるがよい。答えはそこにあるだろう」

そして彼は戸を閉めた。

師は言う。

言葉は力である。言葉は世界を、人間を変える。

誰しもが聞いたことがあるだろう。〈よいことがあっても、そのことを口にしてはならない。他人に妬《ねた》まれ、喜びが損なわれるかもしれないから〉と。

そんなことは決してない。勝者は、自分の人生で起きた奇跡を誇らしく語るものだ。善いエネルギーを空中に放てば、いっそう善いエネルギーを引き寄せることになる。

そしてそれを心から欲するものに喜びを与えてくれる。

妬むばかりの敗北者たちが与えるダメージなど、どれほどのものでもない。

恐れるな。耳を傾けてくれる者たちに、あなたの人生で起きたよいことを語るのだ。

世界の魂はあなたの喜びを心から欲している。


アフリカ系アメリカ人の詩人ラングストン・ヒューズの詩より。

〈ぼくは　いろんな河を知っている――
この世さながらの　昔からのいろんな河を
人の血管《からだ》に流れている血よりも古い河を知っている

ぼくの心は河のように深くなったのだ

夜明けが若々しかった頃　ぼくはユーフラテスで水浴びをした
小屋をコンゴ河の岸に建て　河の子守歌で眠ったのだ
ナイル河をながめながら　河のうえ高く　ピラミッドをたてたのだ
エイブ・リンカンがニュー・オーリーンズに下ったとき
ミシシッピ河の歌をきき
そして　にごった河の面が
夕日をあびて　黄金色に変わるのを見たものだ

ぼくはいろんな河を知っている――
昔からの　ほの暗い　いろんな河を

ぼくの心は河のように深くなったのだ〉

訳注　ラングストン・ヒューズ（一九〇二―一九六七）。米国のアフリカ系アメリカ人の詩人。（『ニグロと河』斎藤忠利訳、国文社より）

昔、自分の血筋をことのほか自慢し、弱い者に非常に冷酷なことで知られるスペインの王がいた。あるとき、家来をはべらせてアラゴンの草原へと向かった。そこは、彼の父が数年前に戦《いくさ》で命を落とした場所であった。

すると、そこに堆《うずたか》く積まれた骨の山をいじりまわしている聖職者がいる。

「なにをしているのだ？」と王は聞いた。

「国王陛下に栄光あれ」と彼は答えた。「スペイン王がこちらにお出ましになると聞き及び、王にお渡ししようと亡き父君の骨を探していたところでございます。ところが、いくら探せど見つかりません。父君の骨は農民や貧民、物乞《ものご》いや奴隷の骨とまったく同じなものですから、どれがどれやらわからないのでございます」


剣の達人とはだれでしょう、と戦士は聞いた。

「修道院のそばの草原に行くがよい」と師は言った。「そこに岩がある。その岩を侮辱してみなさい」

「なぜそのようなことを？」と弟子が聞いた。「岩が答えるものですか！」

「そうか、それではその剣で岩を襲ってみよ」と師は答える。

「とんでもない。剣が折れてしまいますよ。手で殴りかかったところで、なんの甲斐《かい》もなく指を傷つけるだけです。わたくしが問うたのはそんなことではありません、剣の達人はだれかということです」

「剣の達人とは岩のごとき者だ」と師は言った。「剣を抜かずとも、誰にも打ち負かされないことがおのずとわかる者のことだ」

旅人はスペインのナバーラ地方のサン・マルティン・デ・ウンクスの小さな村にたどり着く。ほかに遺跡はほとんど残らないその村にはロマネスク様式の美しい教会があり、そこの鍵《かぎ》を預かっているという女性を探し当てる。彼女は親切にも一緒に細い坂道をのぼり、教会の扉を開けてくれる。

中世の教会の薄暗さと静寂が旅人の胸を打つ。女性と少し言葉を交わす。そして、もう正午近いというのに教会内部の、このうえなく美しい美術品がよく見えないことに触れる。

「細部までよく見えるのは日の出のときだけなのです」と女性は言う。「それこそが、この教会を建てた者が後世に伝えたかったことなのだ、とも言われています。つまり、神はご自分の栄光をお見せになるのにちょうどよい時をきちんと考えておられる、と」

師は言う。

神はふたりおられる。教師にその存在を教わる神と、われわれにみずから教えを施す神と。人びとがつねづね話題にする神と、われわれと直接話をする神と。そして、われわれが畏《おそ》れるようになる神と、慈悲を説く神と。

神はふたりおられる。天のいちばん高いところにおわす神と、われわれの日常にとけこんでいる神と。われわれに金を払わせる神と、借金を消してくださる神と。地獄という罰を見せて脅す神と、最良の道を示す神と。

神はふたりおられる。犯した罪の重さでわれわれを押しつぶす神と、大いなる愛でわれわれを解き放つ神と。

これほど流麗な作品をどのように生み出すのかと訊ねられ、彫刻家のミケランジェロは答えた。

「なに、簡単なことですよ。大理石の塊を見れば、そのなかに作品が見えてきます。わたしは余分な石を削り取っていくだけですよ」

師は言う。

われわれはみな、何らかの芸術作品を創《つく》るよう運命づけられている。その作品とはわれわれの人生の中心点であり、幸福にとってもこのうえなく重要なものである。どれほど自分をごまかそうとしても、われわれにはそのことがわかっている。たいていの場合、長年に及ぶ不安感や罪悪感、優柔不断な気持ちによって心の奥底にしまい込んでしまうことになる。

だが、余分なものを削《そ》ぎ落とそうと決め、自分の能力を疑いさえしなければ、だれにでも与えられた任務を成し遂げることができる。誇りを持って生きるための唯一の方法がこれである。

ひとりの長老が死を悟り、若者を呼び寄せてある英雄の話を語って聞かせた。その英雄は、戦いのさなかにある男を逃がしてやったそうである。

彼は男を休ませ、食べものを与えてかくまってやった。もうすぐ安全地帯に入ろうというとき、男のほうは恩人を裏切って敵の手に渡してしまおうと決めたという。

「で、あなたはどうやってそこから逃げ出したのですか？」と若者は訊ねた。

「わたしは逃げてはいない。わたしはもう片方のほう、裏切った男なのだよ」と長老は言った。「だが、あのときの英雄があたかもわたしであったかのごとく話をすると、彼がわたしにしてくれたことの意味が理解できるのだ」

師は言う。

われわれはみな、愛を必要としている。愛とは、人間の本能の一部なのだ。食べたり、飲んだり、眠ったりするのと同じように。美しい夕焼けを眺めながらぽつねんと座っていると、こんな思いがよぎる。〈こんな夕焼けなぞ、どうだっていい。どんなにきれいな夕日を見ていても、それを分かち合う人がいないのだから〉

この瞬間にこそ、問うのだ。だれかが愛を求めてきているのに、ぷいと横を向いてしまったことがこれまで何度あっただろうか、と。だれかのそばに歩みより、言葉をつくして愛を打ち明ける勇気がとうとう出なかった、そんなことは何度あっただろうか。

孤独には気をつけろ。孤独は、危険極まりない薬物のようにひとを蝕《むしば》む。夕焼けを見ても心がひとつも動かされなくなったら、胸に手を置いてそのことを考え、愛を探しに行かねばならぬ。どのスピリチュアルな教えでも、まったく同じことを説いていることを念頭においておくように。つまり、より多く与えようとする人は、つねにより多く受けとっているのである。

サン・フアン・デ・ラ・クルスは、スピリチュアルな道を探求する際には、なにかの見解を得ようと思ってはいけない、また、その道をすでに歩いた人たちの言葉に従ったりしてはいけない、と教えている。われわれを支えるものはただひとつ、信仰でなくてはならないと。なぜなら信仰とは清々《すがすが》しく透明なもので、ひとりひとりの内から湧き出るものなのであって、他人のそれとごっちゃにしてはならないのだから。

ある作家がひとりの神父と対話をしていて、神の経験とはなんだろうか、と訊ねてみた。

「わかりません」と神父は答えた。「今日までわたしが経験したものは、わたしだけの神への信仰しかないのですから」

そして、これが何より大事なことなのである。

訳注　サン・フアン・デ・ラ・クルス（一五四二―一五九一）。「十字架のヨハネ」。スペインのカトリック司祭、神秘主義思想家。

あるスペインの宣教師が三人のアステカの聖職者と出会ったのはある島を訪れているときのことだった。

「あなた方の祈りはどのようなものですか？」と宣教師は訊《たず》ねた。

「祈りはひとつしかありません。こうです。〈神よ、あなたは三人、われらは三人です。われわれにお慈悲を〉」

「神が聞いてくださる祈りをお教えしましょう」と宣教師は言い、カトリックの祈りを教え、旅を続けた。

スペインに帰国する日が近づいたあるとき、数年前に訪れたあの島にまた立ち寄る用事が出来た。

船が島に近づくと、あのときの三人が水上を歩いてやってきたのが見えた。

「神父さま、神父さま」彼らのひとりが声をかけてきた。「申し訳ありませんが、神が聞いてくださるという祈りをもう一度教えてはくれませんか。どうにも思い出せないものですから」

「そんなことはもうどうでもよいことです」目の前の奇跡を見つめながら宣教師は答えた。

そして神に謝罪を述べた。神はあらゆる言葉をお話しになることを理解していなかったと。

師は言う。

赦《ゆる》すという行為は、ふたつの方向へとつながる道である。

誰かを赦せば、同じく自分自身を赦すことになる。他人に対して忍耐強くあれば、自分自身の過ちを受け入れることがたやすくなるものだ。

こうして、罪悪感も苦悩もないままに、人生に対しての姿勢をよりよいものにすることができるようになる。

時として、弱さゆえに、憎しみ、妬み、不寛容の波動を周囲に感じるときがあるが、それではその波動にのみこまれてしまう。

ペトロはキリストにこう訊ねた。

「主よ、わたしは七回隣人を赦すべきですか？」と。するとキリストは答えた。

「七回ではありません。その七〇倍赦すのです」

赦すという行為によってわれわれは自らの霊体を清め、神の真の光を見るのである。

師は言う。

その昔、師たちは弟子が自分たちの暗い影の側面を制することができるようにと、「人物」を創りあげたものである。そうした人物を配した物語の多くは、後に昔話となって誰もが知っているものとなった。

物語はごく単純だ。悩みや恐怖、失望を、姿の見えぬ誰かに投影し、自分のすぐ横に据えるだけである。そいつは人生の「悪役」として動き回り、決してやりたいとは思わない行為——あるいはやってしまったらどうしようという行為——を常にそそのかす。その人物像ができあがりさえすれば、あとは簡単だ。そいつの言うことに従わなければいいのだから。

これほど簡単なことがあろうか。だからこそ、非常に有用なのである。

どのような生き方をするのが一番よいのでしょう、と弟子が師に訊ねた。

師は、テーブルを作るようにと言った。あとはテーブルの天板に釘《くぎ》を打てば完成というときに師がやってきた。

弟子は釘一本を三回ずつ打って留めている。

ところが、ある一本の釘はなかなか打ち込めないので、弟子はもう一回打ちつけなければならなかった。その最後のひと打ちのために釘が天板にめりこみ、ひびが入ってしまった。

「おまえの手は、金槌《かなづち》を三度打ちつけるのに慣れていたのだ」と師は言った。「どんな行動でも習慣となってしまうと、もとの意味を失ってしまう。そしてそれが結局は損失を及ぼすことになる。

一つひとつの行動は、それぞれが独自のものである。何をするにも行動が習慣にのっとられてはいけない」

スペインのソリアという町の近くに、岩に打ちつけて建てられた古い礼拝堂がある。そこには瞑想《めいそう》のためにすべてを捨ててきた男が数年前から住んでいるという。ある秋の午後、旅人はその男を訪ね、歓待を受ける。

ひと切れのパンを分け合い、食べ終わると、男は小川のほとりのキノコを採りに行くので一緒に行かないかと旅人を誘う。

途中で、ひとりの若者が近づいてくる。

「聖者さま」若者は声をかける。「天啓を受けるには、肉を食べてはならないと聞いております。本当でしょうか」

「人生が与えてくれるものは喜びをもって受け入れなさい」男は答える。「そうすれば、魂の教えに背くことにはならないでしょう。ましてや大地が寛容にも与えてくれたものならば冒とくすることにもなりません」

師は言う。

歩む道のりが厳しいと感じたならば、心の声を聴きなさい。自分自身に対して、できるだけ素直になり、夢をかなえるための代償を払いながら、本当に自らの道を歩んでいるのかと問うのだ。

それでも、自分が負けそうだと感じているのならば、異議を唱えるべき時が来たということだろう。だが、異議も敬意をもって唱えねばならぬ。ちょうど、息子が父親に不満を述べるように。そしてもう少し自分に注意を払ってほしい、そして助けてほしい、と頼むことも忘れないことだ。神は父であり、母である。そして親というものは子どもにはいつでも最良を望むものだ。その教えが、今少し厳しかったのかもしれない。ならば一休みさせてほしい、優しい言葉をかけてほしいと頼むのはわけないことだ。

だが、それもやりすぎてはならない。ある人は時を選んで異議を唱え、その見返りを受けた。またある人は何につけても文句を言うので、彼の言葉に耳を傾けなくなったのだ。


スペインのバレンシアの祭りには、大工職人たちの習慣を起源とする変わった儀式がある。

一年をかけて、大工や職人たちは木製の巨大な張り子人形を作る。祭りの週になると、その人形を町の広場の中央に持っていく。人びとはたくさんの人形を見て、あれこれと批評したり感心したりしながら、その凝った細工を心から楽しむのだ。そして、聖ホセの祭りの当日、一体だけを除いたすべての人形が、集まった人びとの前で大きな焚《た》き火で焼かれるのである。

「なんでまた、無駄になるのにこんなに凝ったものを作るのかしら」天に向かって立ち昇る炎の数々を眺めながら、ひとりの英国女性が訊ねた。

「あなただって、いつかは最期の日を迎えるでしょう」とスペイン女性が答えた。

「その日に、天使が神さまに向かってこう言うとでも思います？『なんでまた、無駄になるのにこんなに一生懸命にお創りになったのです？』って」


ひとりの信心深い男がある日、突如として一文無しになってしまった。神はどんなときでもたすけてくださると信じている男は、祈りはじめた。

「主よ、どうかわたしに宝くじを当てさせたまえ」

何年も彼は祈り続けたが、相変わらず貧しいままだった。

ある日とうとう最期を迎えるときがやってきた。男は信心深かったので、まっすぐ天へと召された。

だが、入り口まで行っても中へ入るのを拒んだ。生きているあいだじゅう、神の教えに従って生きてきたのに神はとうとう宝くじを当ててはくださらなかったというのだ。

「主が約束してくださったことは、なにもかもが嘘っぱちだった」彼は憤慨して言った。

「いつだってお前をたすけてやろうとしていた」と神が答えた。「ところが、たすけてやろうにも、おまえは一度も宝くじを買わなかったではないか」

中国の年老いた賢人が雪原を歩いていると、ひとりの女が泣いているのに出くわした。

「なぜ泣いているのですか？」と彼は訊ねた。

「昔のことが思い出されるからです。若かったころのこと、鏡をのぞけば美しい自分が見えたころのこと、愛してくれた男たちのことを。わたしに記憶をくださるなんて神は残酷です。人生の春を思い出すことをご存じなはずなのに」そう言って泣き続けた。

賢人は雪がつもる野原を見わたすと、ある場所をじっと見つめた。しばらくして、女は泣きやんだ。

「あそこになにが見えるのです？」女は聞いた。

「ばらの花が咲く野原ですよ。記憶を与えたもうた神は寛大です。記憶があれば、冬になっても、いつでもわたしが春のことを思い出せると知ってのことでしょう」賢人はそう答えると、にっこりとほほえんだ。

師は言う。

個人の伝説とは見かけほど単純なものではない。その反対で、危険をともなうこともある。なにかを求めているときには、われわれは強いエネルギーをどんどん出すので、そうしているうちに人生の真の意味を自分自身の中に隠しておけなくなる。なにかを求めれば、どんな代償を払うのかを決めることになる。

夢を追うには代償を払わねばならない。古い習慣を捨てねばならなくなるかもしれない。困難を乗り越えねばならないかもしれない。失望することもあるかもしれない。だが、それがどれほど高い代償であろうとも、自分の個人の伝説を生きなかったことに較べればなにほどでもない。あるとき、過去を振り返って自分がしてきたことをひとつひとつ顧みて、自分の心がこう言うのが聞こえてきたらどうだろう。「人生を無駄にした」と。

信じてほしい。これほどつらい言葉はないということを。

カスタネダは、自分の師匠からズボンのベルトの向きをいつもと反対につけろと言われたことを自著で書いている。

これはなにかの偉大な力を学ぶことにつながるに違いないと、カスタネダは言われたとおりにベルトを反対にした。

それから数カ月して、彼は師匠に礼を述べた。あのまじないのおかげで、色々なことを以前よりもずっと速く覚えられるようになりました、と。

「ベルトの向きを反対にしたことで、ネガティブなエネルギーをポジティブなものに変えていたのですね」と彼は言った。

すると師匠は大声で笑い出した。

「ベルトごときがエネルギーを変えるものかね！　おまえにこれをやらせたのは、毎日ズボンをはくときに、今は大事なことを学んでいるのだと思い出させるためだったんだよ。おまえを成長させたのは、ベルトなんかじゃない。学ぼうというおまえの意識なのだよ」

訳注　カルロス・カスタネダ（一九二五？三一？―一九九八）。ヤキ族の呪術師のもとで修行したとされる作家。

ある師には数百人の弟子がいた。

その弟子全員、きちんと時間がくると祈りを捧《ささ》げた。ただひとり、飲んだくれて過ごす弟子を除いては。

死を迎える日に、師はその弟子を側に呼び、隠された秘儀を教えた。

ほかの弟子は憤慨して喚《わめ》いた。

「これは恥だ！」みんなは言った。「われらはこれまで、間違った師ひとりに仕えてきたのだ。われらの美点を見ぬくこともできぬような」

するとその師はこう言った。

「この秘儀はわたしがよくよく知っている人物に伝えねばならなかったのだ。品行方正に見える人間は大抵の場合、見栄や自負、不寛容な面を押し隠しているものだ。だからこそ、飲酒癖があるという欠点がよく見えているたったひとりの弟子を選んだのだよ」


シトー会の神父、マルコス・ガルシアの言葉より。

〈ときに神は、ある人間への祝福を取り下げてしまわれることがある。それは、その人の要求や願いを通さずに神をよりよく理解できるようにするためである。ある者の魂がどこまで試練に耐えうるかを神はご存じであり、決してその限界を超えることはない。

そうしたときが来たとしても、決して『神はわたしを見捨てられた』などと口走ってはならない。神は誰のこともお見捨てにならないからだ。反対に、ときに神を見捨てるのは、わたしたちのほうなのだ。主がなにか大きな試練を与えたもうたならば、それを乗り越えるのにじゅうぶんな――わたしに言わせればじゅうぶんすぎるほどの――喜びも与えてくださっているはずである。

神の顔から遠ざかっていると感じているのならば、こう自分に問い質《ただ》すべきだ。神が道の途中に置いてくださったものを、わたしはじゅうぶんに活用しているだろうか、と〉

ときに、いく日もいく週間も、誰からも優しい言葉をかけてもらえずにすごすことがある。

それは辛《つら》い時期だろう。人の温かみというものがないと、人生は生き残るための辛い努力を重ねるだけの日々となってしまう。

師は言う。

おのれの炉をよく確かめるのだ。もっと薪《まき》をくべて、暗い部屋となってしまった人生を少しでも明るくするようにつとめよう。薪がはぜてぱちぱちという火の音を聞き、燃える炎の物語に耳を傾けているうちに、きっと希望が戻ってくるだろう。愛することができるのなら、愛されることもできるはずだ。あとは時間が解決してくれるのを待てばよい。

だれかが夕食の席でコップを割ってしまった。

「縁起がいいぞ」とみんなは言った。

夕食の席にいただれもが、その言い伝えを知っていた。

「なぜこれが縁起がいいのです？」その場にいたひとりのラビが訊ねた。

「知らないわ」旅人の妻が答えた。「お客さんに気をつかわせないために昔からそう言われているのではないかしら」

「それは正しい説明ではありませんね」とラビが言った。

「ユダヤではこうも言われています。ひとにはそれぞれ幸運の分け前が決められていて、生きているうちに少しずつそれを使っていくのだと。しかも、その幸運を本当に必要なときに使うか、無駄に使うかによって利子がつくんです。

われわれユダヤ人も、だれかがコップを割ったら縁起がいい、と言いますよ。でも、それはこういう意味を含んでいるのです。コップが割れないようにと幸運を無駄づかいしないですんでよかった、その分をもっと大事なときに使えるでしょう、と」


アブラハム修道院長は、スケーティスの修道院の近くに賢者として知られる隠者がいることを知っていた。

そこで、彼を探し出して訊ねた。

「今日、あなたのベッドに美しい女がいるのを見つけたとします。あなたはそれが女ではないと思いこむことができますか？」

「できません」と賢者は答えた。「しかし、自分を制することはできるでしょう」

修道院長はふたたび聞いた。

「砂漠の中で金貨を見つけても、それをただの石と見なすことができますか？」

「できません」賢者は答えた。「しかし、それを拾わないように自制することはできるでしょう」

修道院長はさらに続けた。

「あなたをふたりの兄が探しているとします。片方はあなたを憎んでいる兄で、もう一方はあなたを愛している兄です。あなたはこのふたりを等しく考えることができますか？」

賢者は答えた。

「心の内は苦しいでしょうが、わたしを愛してくれる兄に対しても、わたしを憎んでいる兄に対しても、同じように接するでしょう」

「賢者とはどういう人のことを言うのかを教えよう」修道院長は、帰ってくると自分の弟子たちに告げた。「それは、自分の激情を殺すのではなく、制御できる人のことである」

W・フレイジャーは生涯を通じてアメリカの西部劇を書き続けた。自分の台本でゲイリー・クーパーが主役を演じたことが何より自慢で、これまでの人生でなにかにうんざりしたことはほとんどない、と語る。

「アメリカの開拓者たちからは実に多くのことを学んだものだ」と彼は言う。「砂漠を横断し、遠く離れた場所まで水や食べものを探しに出かけた。

当時の記録を見ると、どれもひとつの興味深い特徴を指し示しているんだ。つまり、開拓者たちはよいことについてだけ、書き残したり、話し合ったりしているということだ。不平をこぼすかわりに音楽を作ったり、目の前に立ちはだかる困難を冗談にしてしまう。そんなふうにして、落胆したり落ち込んだりする気持ちを奮い立たせていたんだね。わたしは八八歳になるが、今でも彼らのようにふるまおうと心がけているんだよ」

ジョン・ミューアの詩より引用する。

〈わたしは魂を自由にしておきたい、聖霊たちが持つあらゆる力を享受できるように。

それができるようになれば、月のクレーターについて知ろうとは思わない、太陽の光をたどりその源を知ろうとも思わない。星の美しさを理解しようとは思わない、人間が自ら荒廃していくことも。

どうすれば魂が自由になるか。それがわかれば、夜明けのあとをついていこう、そして時を通じてまた夜明けとともに戻ってこよう。

どうすれば魂が自由になるか。それがわかれば、世界の魂を形作る、あらゆる水が合流する海原にほとばしる流れに身をまかせたい。

どうすれば魂が自由になるか。それがわかれば、創造というすばらしいページを初めから読んでみよう〉

キリスト教のシンボルのひとつにペリカンがある。その理由は単純だ。食べるものがまったくなくなると、ペリカンはくちばしで自分の胸を突き破り、肉を雛《ひな》たちに食べさせるのである。

師は言う。

わたしたちは、自分が受けとっている恵みがどういうものかを理解していないことがままある。わたしたちの精神に栄養が行き届くようにと神がなにをしてくださっているのかを理解していないことが多いのだ。

ある話によると、厳しい冬のあいだ、自分の肉を子どもたちに分け与えながらも、なんとか数日間生き延びたペリカンがいた。そのペリカンの力が尽きていよいよ死を迎えるそのとき、一羽の雛が兄弟にむかってこう言った。

「ああ、よかった。毎日同じものを食べさせられて、そろそろうんざりしてきたところだよ」


あなたがなにかに不満を持っているのならば――その不満が、たとえばあることを実現させたいのにそれができずにいる、などといった不満であったとしても――今すぐに立ち止まりなさい。

ことが進んでいないのならば、それにはふたつの理由しか考えられない。あなたの忍耐が試されているか、もしくは方向転換をする必要があるか、どちらかだ。

どちらの選択肢が正しいのか――だいたい、このふたつは正反対のものだし――、それを見極めるには沈黙と祈りの力を借りるのだ。少しずつ、いろいろなものが不思議なほどにはっきりと見えはじめ、やがてどちらを選ぶかを決めるにじゅうぶんな力が備わってくる。

一度決めたら、もう一方のことはきれいさっぱり忘れることだ。そして前に進む。神は勇者の神なのだから。

賢者ドミンゴスは言った。

「すべては最後にはうまくいく。そうでないと思うのなら、それはあなたがまだ最後まで到達していないからだ」

作曲家のネウソン・モッタがブラジルのバイーアでマンイ・メニニーニャに会いに行くことにした。ところが、乗り込んだタクシーのハンドルがなぜか突然利かなくなってしまった。高速道路の真ん中で車はぐるぐると回転したが、驚いたことに大事にはいたらなかったのである。

マンイ・メニニーニャに会うなり、ネウソンはあと一歩で事故になるところだったと話しだした。

「ものごとは予定されたとおりに起こるものですが、それでも神のおかげによって深刻な問題を抱えずにそこを通り過ぎることができるときがあります。つまり、あなたの人生のそのとき、車の事故は起こるとすでに決まっていたのですね。けれど、もうおわかりでしょう。すべてが起こり、結局なにも起こらなかったわね」

訳注　マンイ・メニーニャ（一八九四―一九八六）。ブラジルのアフロ・ブラジルの宗教儀式をとりおこなう聖職者（マンィ・ジ・サント）。

サンチャゴへの道についてのあなたの講演には、抜けている点がありましたね、講演会場から出てくるなり、ひとりの巡礼者が旅人に話しかけた。

「わたしには気づいたことがあるのです。サンチャゴへの道を歩む人も、人生という道を歩む人も、ほとんどの巡礼者は他人のリズムに合わせようとしているということを」と、彼女は言った。

「わたしも巡礼を始めたときには、グループの人たちについて行こうとがんばりました。そのせいで、くたびれてしまって。肉体的にも無理がありましたし、緊張のしどおしで、とうとう左脚のアキレス腱《けん》を痛めてしまったんです。

歩けずにいた二日間で自分のリズムに従わなければサンチャゴにたどり着くことはできないことに気づきました。

ほかの人たちより時間もかかりましたし、ずいぶん長いことひとりぼっちで歩かねばならないこともありました。——けれど、最後まで歩きとおせたのは、自分のリズムを守ったからなのです。

それ以来、自分の生き方にもその方法をあてはめることにしているんですよ」

リディアの王、クロイソスはペルシアに攻め入ろうと心に決めてはいたものの、ギリシアの神官に伺いをたてた。

「あなたは、偉大な帝国を破壊する運命にある」との神託を得た。

大喜びで、クロイソスは宣戦を布告した。二日間の戦いののちにリディアはペルシア軍に侵略され首都は陥落し、クロイソス本人も捕らわれた。激怒したクロイソスは使いの者にギリシアの神官のもとに戻り、いったいなにを間違えたのかと聞いてきてほしいと頼んだ。

「いやいや、なにも間違えてはおらぬ」神官は使いの者に答えた。「あなた方は偉大な帝国、リディアを滅ぼしたではないか」

師は言う。

どうふるまうべきかを伝える道しるべとなる言葉は、われわれの目の前にある。それでいながら、われわれは、その言葉が自分たちがやろうとしていることと一致するのだと、誤った解釈をしてしまうものだ。

訳注　クロイソス（紀元前五九五年―五四七年頃）。リディア王国最後の王。

ある SF の短編小説から。その社会では、ほぼすべての人間が、技術者や、エンジニアや機械工など、生まれた時からどんな仕事をするか決められている。ひと握りの人間がなんの才能もなく生まれる。すると彼らはおかしな人として収容所に送られてしまうのだ。社会の役に立たない者はおかしい、というわけだ。

そのうちのひとりがそれに対して怒りを覚えていた。収容所には図書館があったので、彼は科学や芸術について、独学でできるだけ学ぼうとした。

もうじゅうぶんに知識を蓄えたと思ったところで、収容所から逃亡した――が、あえなく捕まり、郊外にある研究所に連れて行かれた。

「ようこそ」研究所の所長が出迎えた。「われわれが崇拝してやまぬのは、自分の道を自ら見つけようとする人びとです。さあ、今からは何でも好きなことをしてもらってかまいません。あなたのような人たちのおかげで、この世界は歩を進めていくのですから」

ベツレヘムの空に輝く星を見た四人目の賢者についての物語がある。その賢者は、イエスがいるはずの場所にいつも遅れて到着してしまう。貧しい者や困っている者たちが、なにかと彼に助けを求めるからだ。

彼は三〇年のあいだ、イエスのあとを追ってエジプト、ガリラヤ、ベタニアに行き、最後にエルサレムにたどり着いたが、ここでも間に合わなかった。幼子はとうに成人し、賢者がエルサレム入りした日に十字架にかけられていたのである。賢者はキリストに捧げるために真珠を買って持っていたのだが、旅の途中で困った人びとを助けるために、その真珠もほとんど売ってしまっていた。残ったのはたったひと粒の真珠だった――それなのに、それを捧げるはずの救い主は死んでしまった。

「わたしは、この人生でなにもなしとげられなかった」賢者はそう考えた。

そのとき、声が聞こえてきた。

「そうではない。わたしはこれまでの人生で何度もおまえに出会ってきたのだよ。わたしが裸でいるとき、おまえは着るものを与えてくれた。

わたしが空腹のとき、おまえは食べものをくれた。わたしが捕らわれているとき、おまえはわたしを訪ねてくれた。わたしはおまえがこれまでに出会ってきたすべての貧しい者たちなのだ。今まで、愛という多くの贈り物をおまえからもらってきた。心からお礼を言おう」


長い旅に出る前に、行商人は妻に別れを告げた。

「あんたはあたしにふさわしい贈り物をくれたためしがないわね」と妻は言った。

「恩知らずな女だな。おまえに与えた物は、おれが何年も汗水たらして働いて稼いだ物だぜ。これ以上、なにをやればいいって言うんだ？」

「あたしと同じくらいきれいな物を」

二年のあいだ、妻は贈り物を待ち続けた。

とうとう、行商人が戻ってきた。

「おまえと同じくらいきれいな物を見つけてきたぜ」と、彼は言った。「恩知らずなおまえに涙も出たが、やっぱりおまえの言うことを聞いてやろうと思ったのさ。おまえほどきれいな贈り物ってのはなんだろうと、ずっと考え続けてきた、それでようやく見つかったのさ」

そう言うと、彼は小さな鏡を妻に差し出したのだった。


ドイツの哲学者、フリードリヒ・ニーチェがどこかで言っていた。〈すべてのことを賛否の秤《はかり》にかけることは無意味である。時に過ちを犯すのは人間であることの条件のひとつであるのだから〉。

師は言う。

細部にわたり正しくあらねば気がすまない人がいる。われわれは、自分自身にすら間違いを犯すことを許さないことがよくある。

その結果として得るものは、次へと進むことへの恐怖心である。

間違いへの恐怖という戸をくぐり、われわれは凡庸という名の城に閉じこもるのだ。

この恐怖を乗り越えることができたなら、自由へ向かう大事な一歩を踏み出すことができるだろう。


スケーティスの修道院長、ニステロオスにこう訊ねた修道士がいた。

「神を喜ばせるためにわたしはなにをすればよいでしょうか？」

「アブラハムは見知らぬ人たちを受け入れ、神はお喜びになった。エリヤは見知らぬ人たちを好まなかったが、神はお喜びになった。ダビデは自らのなすことに誇りを感じていたが、神はお喜びになった。ローマの徴税人は祭壇の前で自らの行ないを恥じたが、神はお喜びになった。洗礼者ヨハネは砂漠へと向かったが、神はお喜びになった。預言者ヨナはニネベという大きな町へと向かったが、神はお喜びになった。

自分の魂になにがしたいのかを訊ねなさい。魂がその夢にしたがって歩めば、神はお喜びになるのだ」

仏教の僧が弟子とともに歩いて旅をしていたところ、弟子たちのあいだでだれが一番えらいかと言い合いが始まった。

「わたしはもう一五年も瞑想をしている」とひとりが言うと、

「わたしは両親の家を出て以来、ずっと施しを続けている」と言う者もいる。

「わたしはつねに仏の教えに従ってきた」と三番目の弟子も言った。

昼になったので、一行は林檎《りんご》の木の下で一休みすることにした。木には林檎がたわわに実り、その重みで枝が地面につくほどしなっていた。

そこで、僧が口を開いた。

「実りが豊かな木の枝は頭《こうべ》を垂れて地につける。このように、真の賢者ほど謙虚なものだ。

実りがなにもない木は、枝をこれ見よがしに伸ばしている。このように、愚か者ほど自分は隣の者よりも大きいのだと信じ込むのだ」

最後の晩餐《ばんさん》でイエスは、まったく同じ口調と言葉で、ふたりの使徒を咎《とが》めた。結局、ふたりはイエスが預言したとおりの罪を犯すことになる。

イスカリオテのユダは過ちに気づき、自らを責める。ペトロも、自分が信じていたものすべてを三度否定したあと過ちに気づく。

だが、その決定的な瞬間にペトロはイエスの言葉の真の意味を悟る。彼は赦しを乞い、屈辱のなかで次へと進んだのだ。

彼は自ら死ぬこともできたはずだ。だが、その代わりにほかの使徒たちに会い、このようなことを言ったのではなかろうか。

〈よし、人類が生きているあいだ、わたしの過ちのことを語ればよかろう。だが、その過ちをわたしに改めさせてほしい〉

ペトロは、愛が赦すということを悟った。ユダは、なにも悟らなかった。

ある著名な作家が友人と歩いていると、トラックが猛スピードで近づいてくるのに気づかないまま少年が道を渡ろうとしているのに出くわした。作家は、トラックの前にぱっと身を投げ出して少年を救った。だが、誰かに勇敢な行動をほめたたえられる前に、彼は少年の顔をげんこつで殴りつけた。

「勘違いするなよ、坊主!」と作家は言った。「おまえを助けてやったのは、大人になってからの苦労をきっちり味わってもらうため、それだけだ!」

師は言う。

時おり、われわれは善行を恥と感じる。なにか寛大な行為をすると、罪の意識が頭をもたげ、ささやきかけてくる。おまえがそんなことをしたのは、他のやつらの歓心を買うためだろう、神を「誘惑」するつもりだな、などと。われわれは生まれながらに本質的に善人である、という考えは受け入れ難く見える。それで、善い行ないを、皮肉と軽視とでくるみこんでしまうのだ。まるで、愛という言葉は弱いという言葉と同義語であると考えているごとくに。

イエスは食卓を見て、このなかで自分が地上におりてきたことをいちばんよく象徴するものは何だろうかと考えた。今、彼の目の前にはガリラヤのザクロ、南の砂漠の香料、シリアのドライフルーツ、エジプトのナツメヤシがある。

これらのうちのひとつを祝福しようと彼は手を伸ばそうとした――だが、そのとき、自分が携えてきたメッセージは、あらゆる場所のあらゆる人のためであることを思い出したのだ。

ザクロやナツメヤシがない地方もおそらくあることだろう。

周りを見渡して、ふとある考えが浮かんだ。ザクロ、ナツメヤシ、果物には、創造の奇跡が、人間の手を借りるまでもなく顕《あらわ》れている。

そこで彼はパンを手に取り、祝福し、割って使徒たちにこう言いながら分け与えた。

「みなのもの、これを手に取り、食べるのだ。これはわたしの肉であるから」

パンはどこにでもあるからだ。そしてパンは、ナツメヤシやザクロやシリアの果物と反対に、神へと続く道の最良のシンボルであるからだ。

パンは大地の実りであり、人間の労働の実りである。


曲芸師が広場の真ん中に陣取った。オレンジを三つ手にして高く放り投げ始める。人が彼の周りに輪を作りだし、その技の見事さと美しさに見惚《みと》れている。

「人生と似ているじゃないか」だれかが旅人にそう言う。「われわれのオレンジはいつでもそれぞれの手に一個ずつあり、一個は空高くにある。この宙に浮いたオレンジが重要なのさ。経験を積んだ手で上手に放りあげられ、ちゃんと行き先が決まっている」

曲芸師のように、われわれは夢をひとつ世界に放り出す。ところが、それをいつでもコントロールできるとは限らない。けれど、そのときに神のもとにしっかりと届けるようにしないといけない。そして、こう願う。どうぞその夢がふさわしい時に尊厳をもって軌跡を描き、実現されてわれわれの手に落ちてきますように、と。

内面を成長させるための効果的な訓練のひとつに、呼吸やまばたき、周囲にあるものを認識するなど、われわれが無意識にやっていることに意識を向ける、というものがある。

これを行なうと、脳がいっそう自由に——つまり、われわれの欲求に邪魔されずに——働くことができるようになる。解決不可能と思われていた問題が解決されたり、とうてい克服できないと感じていたものが、いともたやすく消えてなくなっていたりする。

師は言う。

なにか困難な状況に立ち向かわねばならなくなったら、この技術を使うのだ。ほんの少し、訓練が必要だ。だが、その結果として驚くべきものが待っている。

市場である男が花びんを売っている。

ひとりの女性がやってきて商品を眺める。絵のない花びんもあれば、念入りに装飾を施した花びんもある。

女性は花びんの値段を訊《たず》ねる。すると、驚いたことに花びんはすべて同じ値段だというではないか。

「飾りがあるものとシンプルなものとが同じ値段とはどういうことかしら。できあがりまでにこちらのほうがよほど時間がかかったでしょうに、なぜ同じ値段をつけたの？」

「わたしは芸術家です」男は答える。「自分が作った花びんには値がつけられますが、美しさには値がつけられません。美しさは無料です」

ミサを終えたばかりの旅人は、孤独だった。と、そこにふいに現れた友人が話しかけてきた。

「どうしてもきみと話がしたくて」と友人は言った。

旅人は、これはなにかのサインに違いないとばかりに興奮して大事なことをあれやこれやと話し出した。神の恵みや愛について語り、きみは天使から送られてきたサインだ、と告げた。だって、さっきまでぼくは孤独だったのに今はこうして話し相手がいるじゃないか。

友人は黙って旅人の話に耳を傾け、お礼を言って別れた。

すると、旅人に残されたのは喜びではなくて、これまで感じたことがないほどの孤独だった。そこで彼ははっとした――自分はすっかりのぼせ上がって、友人がなにを求めてきたのか忘れていたのだ。話がしたい、と言っていたではないか。

旅人は地面を見つめた。自分の口から飛び出た言葉がばらばらと舗道にまき散らされている様子が見えるようだった――あのとき、あの瞬間、宇宙が求めていたのはまったく別のものだったのに。

生まれたばかりの王子の洗礼に三人の妖精《ようせい》が招かれた。一番目の妖精は愛する人を見つけられる才能を贈った。二番目の妖精はなんでも好きなことができるほどのお金を贈った。三番目の妖精は美しさを贈った。

ところが、童話の定石どおり、そこに魔女が姿を現す。招待されなかったことに腹を立てた魔女は呪いの言葉をはなった。

「すでになにもかもを手に入れたおまえに、もうひとつ贈ろうではないか。おまえは、なにをするにも秀でるであろう」

王子は美しい青年に育ち、裕福で情熱的だった。だが、この世でなにをすべきかはとうとう見つけられずじまいだった。王子は優れた絵描きであり、彫刻家、小説家、音楽家、数学者であった――だが、どれにもすぐ飽きてほかのことがやりたくなるので、第一人者となるまではいかなかったのだ。

師は言う。

すべての道はひとつの場所へと続く。だが、それぞれ自分の道を選ばねばならない。そして最後までやりぬくことだ——すべての道を通ってやろうなどという考えは捨てるのだ。

一八世紀の作者不詳の文書に、魂の探求をしていたロシアの僧について書かれたものがある。

その僧は、ある村に夜も昼も魂の救済を求めている隠者がいるという噂を耳にし、その男に会いに行った。

「魂の道へとわたしを案内してください」と僧は言った。

「魂にはそれぞれの道があり、それを案内してくださるのは天使のみです」と隠者は答えた。「休みなく祈ることです」

「そんな祈り方ができるはずありません。方法を教えてください」

「休みなく祈ることができないと言うのなら、休みなく祈る方法を教えてくださいと神に祈りなさい」

「あなたはなにも教えようとはしてくれない」僧は言い返した。

「教えることなどなにもないからです。数学の方程式を教えるように信仰を教えられるものですか。信仰の神秘を受け入れなさい。そうすれば、宇宙がおのずと見えてくるでしょう」

アントニオ・マチャドは言う。

〈ひと跳びごとに　ひと足ごとに
旅人よ　道はない
道は　歩いてのみ作られる
歩きながら　道は作られる

後ろをふり返ると
二度と踏むことのない　足跡が見える
旅人よ　道はない
道は　歩いてのみ作られる〉

訳注　アントニオ・マチャド（一八七五―一九三九）。スペインの詩人。

師は言う。

書きなさい。手紙でもいい、日記でもいい、電話をしながらの走り書きでもいい――書きなさい。

書けば、神に近づき、隣人にも近づくことになる。

もしこの世界での自分の役割を知りたいのなら、書きなさい。だれの目にふれなくとも、――だれの目にもふれさせるつもりはなかったのに、意に反して読まれてしまったのだとしても――心をこめて書きなさい。書く、という単純な行為は考えをまとめ、自分をとりまくものがなんなのか、はっきりさせる。一枚の紙と一本のペンが奇跡を生む――苦しみを癒《いや》し、夢を明確にし、失われていた希望を取り戻したり与えたりする。

言葉には力があるのだ。

砂漠の師たちは、天使の手を好きに動かしておくようにとつねづね言っていた。そのためには、ときには馬鹿らしいこともせねばならない――花とおしゃべりをするだとか、意味もなくひとりで笑うだとか。錬金術師は「神の前兆」に従う。それは意味をなさないような道に見えるが、最後にはどこかへとつながる道である。

おかしなひとだと呼ばれることを恐れない。今日、あなたが学んできた論理にはまったく反するようななにかをしてみなさい。教えられてきたような真面目な態度を少し崩してごらんなさい。こうした行為が、どんなにささやかであっても、人間味あふれるスピリチュアルな大冒険への扉を開くこともあるのだ。

ある男が豪奢《ごうしゃ》なメルセデス・ベンツに乗っていたが、タイヤがパンクしてしまった。取りかえようと思ったが、ジャッキがないことに気づいた。

「しかたない、これから一番先に見えた家にジャッキを借りることにしよう——だが、この車を見たらただでは貸してくれないかもしれんな」とひとりで考えた。

「こんな車に乗っていてジャッキがどうしても必要だと言えば、一〇ドルだ、などと言うかもしれん。いや、五〇か。どうしたってジャッキがいるんだもの、一〇〇ドルと言いだしてもおかしくない」

そんなふうに考えているうちに、値段はどんどんつり上がっていく。

ようやく一軒の家を見つけ、住人がドアを開けたとたん、男は叫び出した。

「この泥棒め！　ジャッキがそんなに高いはずないだろ！　これでどうだ！」

わたしは絶対にこんな振る舞いはしない、そう言い切れる人はいるだろうか？

ミルトン・エリクソンは米国で斬新《ざんしん》な精神療法を編み出し、多くの信奉者を持つ心理学者である。彼は少年のころポリオにかかり一〇カ月の闘病生活を送り続けたのだが、ある晩、医者が両親にこう言うのを聞いた。

「息子さんは、今晩もたないでしょう」

続けて、母の激しい泣き声がエリクソンの耳に届いた。

ぼくが今晩がんばったら、ママはあんなに悲しまなくてすむのかな。

そう考えたエリクソンは、その夜は眠らないようにし、夜が明けると叫んだのだ。

「ねえ、ぼく、まだ生きてるよ！」

家中が喜びに包まれた。それから彼は両親の悲しみを少しでも先延ばしにしようと、一日、一日を耐えたのである。

結局、エリクソンは一九八〇年に七八歳でこの世を去った。人間が自分の限界を超える力をどれほど備えているかを伝える重要な著書を数多く遺《のこ》して。

師よ——と弟子が神父に問いかけた。——わたくしの心は世界への愛で満たされております。魂は悪魔の誘惑に負けぬほど清らかです。わたくしは次にどうすればよいのでしょう？

神父は、重病人を訪ねて終油《しゅうゆ》の秘蹟《ひせき》の儀を行なうのでついてくるようにと、その弟子に告げた。

病人の家族と顔を合わせたとき、家の隅にある長持が神父の目にとまった。

「あの長持のなかにはなにがあるのですか？」と彼は訊ねた。

「叔父《おじ》が一度も袖《そで》を通さなかった服ですわ」病人の姪《めい》が答えた。「いつか使うときが来るだろうと、しまっておきましたのに、とうとう使わずじまいで用無しとなってしまいます」

「あの長持を忘れるでないぞ」病人の家を出ると、神父は弟子に言った。「おまえがその心に魂の秘宝を持っているというのなら、今すぐにそれを取り出して使うのだ。

でないと、いつかそれは用無しとなってしまう」

訳注　終油の秘蹟。死の間際にいる信者が安らかに天国に旅立てるようにと聖油を使って行なうキリスト教カトリックの儀式。現在は改名されて「病人塗油の秘蹟」。

魂の求道を始めた者は、神とやたらと対話をしたがり、あげくに神が伝えようとすることに耳を傾けようとしないことがままあると神秘家たちは指摘する。

師は言う。

少し気を楽に持ちなさい。そうすることは簡単ではないかもしれない。われわれには、なにかをするならば正確に行なおうという性質が生まれつき備わっているからだ。そして、絶え間なく仕事をし続けていれば、それができると思い込んでいる。

大事なのは、試すこと、失敗すること、起き上がってふたたび次へと進むことだ。

だが、神が助けてやろうとおっしゃるならば、それに甘えよう。頑張っているときにこそ、自分自身を見つめ、神の姿をみとめ、そして導いてもらおう。ときには、彼の膝《ひざ》の上に抱かれるのもよいではないか。


　ある若者が魂の道を求めたいと、スケーティスの神父のもとへやってきた。

「これから一年のあいだ、あなたを傷つけ侮辱する者に金を払いなさい」と神父は命じた。

　一二ヵ月間、若者は傷つけられたり侮辱されたりする度に相手に金を払った。一年間が過ぎようとする頃、神父のもとにまたやってきて、次は何をすればよいかと訊ねた。

「これから町に行って、わたしに食べものを買ってきておくれ」と神父は言った。

　若者が出ていくとすぐに、神父は物乞いに変装し、近道を使って町の入り口まで先回りした。若者がやってくると、神父は彼をののしりはじめた。

「こりゃいいな！」と若者は物乞いに向かって言った。「一年間、侮辱される度に金を払ってきたんだ。今日は無料で侮辱してもらえるんだな！」

これを聞いて、神父は正体を明かし、こう言った。

「どうやら次の段階に進む準備ができたようだ。問題が起きても、あなたはそれを笑い飛ばせるようになったようだから」

旅人は、友人ふたりとニューヨークの街を歩いていた。突然、なんということもない会話の途中で、友人たちが口論をはじめ、今にも殴り合いそうなほど激しい言い合いになってしまった。

その後険悪な雰囲気は去り、三人でバーに腰を落ち着けると、友人のひとりがもう一方に謝った。

「仲のよい人ほどやすやすと傷つけてしまえるものなんだな、とわかったよ」と彼は言った。「きみが見ず知らずの人間だったら、ぼくももうちょっと自制したと思う。

だが、ぼくらが友人だからこそ、そしてきみがぼくのことをよく理解してくれているからこそ、ぼくはひどく攻撃的になってしまった。これが人間というものなんだろうね」

それが人間というものなのかもしれない。

だとしても、それとは闘わねばならない。

ある人を助けてあげたいのに、どうしてもそれができないときがある。そばに行ってあげられる状況になかったり、相手がだれの手も借りたくないと閉じこもってしまっていたり。

師は言う。

それでも、われわれには愛がある。あらゆるものが無用であったとしても、それでも愛することはできる。報酬も、変化も、感謝も求めることなく。

そのようにしてみんなが行動できたら、愛が発散するエネルギーはわれわれをとりまく宇宙も変えていくだろう。

愛のエネルギーが姿を見せるときはいつも、それがきちんと機能しているということなのだ。

ジョン・キーツ（一七九五—一八二一）は詩について美しい定義をしている。それは、人生の定義にも通じるものがある。

〈詩は奇異によってではなく美しい過剰によって驚かすべきであるとぼくは考えています——詩は読者自身の最高の思考を言葉に現したものとして読者の心を打ち、ほとんど記憶のように思われるようにすべきです——第二に詩における美の感触は中途半端であるべきではない、半端である場合には読者を満足させずに息をのんで待ちうける状態に取り残すからです。心象《イメジエリー》が生起し、進行し、没していくその過程は、読者にとって、太陽のように自然でなければなりません——太陽

のように読者の頭上に輝き、華麗な薄明の中に読者を残して、壮麗でいながら厳粛に没していくべきです――（略）。〉
（キーツ『詩人の手紙』田村英之助訳、冨山房、一九七七年より）

一五年前のことだ。リオ・デ・ジャネイロで妻と友人と過ごしていた旅人は信仰に対して深い懐疑心を持っていた。三人で一杯やっていると、昔からの友人が姿を見せた。一九六〇～一九七〇年代のクレイジーな時代をともにすごした仲間だ。

「今、なにをやってるんだ」と旅人が訊ねると、その友人が答えた。

「聖職者だよ」

レストランを出ると、舗道で眠りこけている幼い子どもを旅人が指さした。

「イエスがいかにこの世を気にかけているのか、見えているか？」

「見えているとも」と聖職者の友人は答えた。「主は、あの子をきみの目の前に連れてこられた。そしてきみがあの子を見るかどうか、またあの子のためになにかをするかどうかを問うておられる」

ユダヤの賢人の一団が集まり、世界で最小規模の律法を作ろうと話し合っていた。もしも、だれかが片足で立っているあいだに人間のふるまいを律する法について定義できる者がいれば、彼が大賢人と見なされるということにしよう。

「神は罪深き者に罰を与えられる」とひとりが口を開いた。するとそんなものは法ではない、受け入れがたい脅しではないかと言いだす者が出てきた。

その時である。ヒレルというラビが片足で立つと、こう言った。

「自分がされて嫌なことは、ほかの者にもしてはならない。これこそが法である。ほかはすべて注釈にすぎない」

こうしてヒレルが当時の一番の賢人と見なされるようになったのである。

訳注　ヒレル。イエス・キリストが誕生する数十年前に生まれたユダヤ教の学者であり、ラビである人物。

劇作家バーナード・ショーが友人である彫刻家のジェイコブ・エプスタインの家を訪ねたとき、大きな石の塊があった。

「この石をこれからどうするつもりだい」とショーは聞いた。

「さあね。まだ決めかねているんだ」とエプスタインは答えた。

ショーは驚いた。

「ということは、きみはインスピレーションを計画するのかい？　芸術家というものは、思いついたときにそれまでの考えをさっぱりと捨てられるようでなくちゃいかんよ」

「五グラムの重さしかない紙を丸めて、あっさりと考えを変えられる人はそれでいいさ。だがね、四トンもの重さのある塊を相手にしているやつには、それなりのやり方ってものがあるんだ」エプスタインは答えた。

師は言う。

自分の仕事をなしとげるのに最良の方法はそれぞれが知っている。任務を担っている者のみがその困難さを理解しているのだ。

ヨアンネス神父はこう考えた。〈わたしは天使のようになろう。なにもせず、神の栄光のみを見つめてくらすのだ〉その夜、彼はスケーティスの修道院をあとにして砂漠へと旅立った。

一週間たつと、ヨアンネス神父は修道院に戻ってきた。門番をしていた修道士がだれかが戸を叩《たた》くのを聞きつけ、どなたです、と訊ねた。

「ヨアンネス神父です」と声は答えた。「お腹がすいているのです」

「そんなばかな」と門番は言った。「ヨアンネス神父は砂漠に行ったはずです。今ごろは天使に姿を変えている頃ではないでしょうか。

天使になれば、もはや空腹も感じず、くらしていくために働く必要もないはずです」

「わたしは驕《おご》っていたのです。申し訳ない」とヨアンネス神父は言った。

「天使はひとを助けます。それこそが天使の仕事であり、だからこそ天使は神の栄光を見つめていられるのです。わたしは、わたしの日々の仕事を行なってこそ、神の栄光を見つめることができるのです」

その謙虚な言葉を聞いて、門番の修道士は修道院の扉を開いたのだった。

人間が発明した、破壊力を持ったありとあらゆる武器のなかで、もっとも恐ろしいのは――そしてもっとも卑怯《ひきょう》なのは――言葉である。

刀や火器は、傷痕《きずあと》を残す。爆薬は建物や道路を破壊する。毒薬はのちに検出される。

師は言う。

言葉は、いっさいの痕跡を残さずに破壊することができる。子どもたちは両親によって何年もかけて操作され、男たちは完膚無きまでに批判され、女たちは夫から受ける非難によって計画的に虐殺されている。自分は神の言葉を伝えることができると信じ込んでいる者たちによって、信者たちは宗教から遠ざけられる。

あなたはこの武器をだれかに使っていないか、よく考えてみなさい。この武器を自分自身に使ってはいないだろうか。どちらの場合も、あってはならないことだと、よく心に留めておくべきだ。


ウィリアムズが、とても興味深い状況を思い描いてみせた。

〈完璧《かんぺき》な人生を想像してみましょう。あなたは完璧な世界におり、完璧なひとたちに囲まれ、望むものすべてを手に入れ、世の中のだれもがきちんとしていて、なにもかもが時間通りにはこぶのです。この世界ではあなたはほしいものすべてを手に入れます。手に入るものはほしいものだけ、まさに夢見たとおりのものばかりです。そして何年でも、生きたいだけ生き続けられるのです。

想像してみてください。一〇〇年、二〇〇年と生きたあなたは、ある日、しみひとつない清潔なベンチに腰をかけ、目の前に広がる壮大な風景を眺めています。そして、こう思うのです。

『ああ、つまらん！　何にも感動しない！』と。

そのときです。目の前に赤いスイッチがあるのに気づきます。そこにはこう書いてあります。

『サプライズ！』

いったいこの言葉の意味することはなんだろうとしばらく頭をひねらせたあなたは、このボタンを押すでしょうか？　もちろん！　するととたんに、あなたは真っ暗なトンネルに入り、今、あなたがいるこの世界にやってくるのです〉

砂漠に住んでいたひとりの男の話である。男は他のオアシスへ旅立つつもりで、ラクダに荷を積みはじめた。敷物、台所道具、衣裳箱《いしょう》——ラクダは全部を背に載せることができた。いざ出発しようとしたときに、父から贈られた美しい一本の青い羽根ペンを忘れていたことを思い出した。

羽根ペンを取りに行き、ラクダの背の一番上に載せた。

するとどうだろう。ラクダは重さに耐えかねてどうと倒れ、死んでしまったのだ。

〈うちのラクダは羽根ペン一本の重さにも耐えられなかった〉男はそう思ったにちがいない。

わたしたちは、時おりこんなふうに他人のことを考えたりする。自分にとっては些細《さ さい》なつもりの冗談が最後の一滴となって、くるしみでいっぱいの相手の器がとうとうあふれ出してしまったということも知らずに。


われわれは映画の見過ぎで、本当の物語を忘れてしまうことがままある、とあるひとが旅人に語る。旅人はそのとき、マイアミの港を眺めている。——映画『十戒《じっかい》』を覚えているかい、とそのひとは訊ねる。

「覚えているとも。モーセ——チャールトン・ヘストンだったな——が杖《つえ》を挙げる。すると海が開いて、ヘブライの民は紅海を渡って行くんだ」

「聖書ではそうは描かれていない」と彼は言った。「聖書では『イスラエルの息子たちを進み行かせよ』と神はモーセに命じるのだ。彼らが進みはじめてようやく、モーセは杖を挙げ、すると紅海は道を開ける。

道を進むときの勇敢な心こそが、おのずとその道を指ししめすということだよ」

チェロ演奏家パブロ・カザルスの言葉より。〈わたしはつねに生まれ変わっている。毎日、新しい朝を迎えるとふたたび新しい人生を始める。もう八〇年も、わたしは同じことをして一日を始めている——だが、決してこれは機械的な習慣となったわけではなく、わたし自身の幸福のための特別な行事なのだ。

起きたらまず、ピアノに向かう。そしてプレリュードを二曲、バッハのフーガを一曲弾く。これらの音楽は、わが家にとって感謝の祈りのようなものだ。だが、同時に、人生の神秘と、人類のひとりであることの不思議とにあらためて思いを馳《は》せる時間でもある。

同じことを八〇年間続けていても、わたしが奏でる音楽は同じであったためしがない――毎日、わたしは新しいことを、すばらしいことを、そして信じがたいことを学ばせてもらっているのだ〉

師は言う。

一方で、われわれは神を求めるのが大事なことだとわかっている。だがもう一方で、人生がわれわれを神から遠ざけていると思っている。神に無視されていると感じたり、日常の雑用でめいっぱいになってしまっていたり。そのために、われわれはどこかで罪の意識を持っている。神のせいで日常を放棄しすぎていると思ったり、日常のせいで神を拒否していると感じたり。

葛藤《かっとう》のように見えるが、それは幻想にすぎない。神は日常のなかにおられ、日常は神のなかにあるのだから。運命をよく理解するには、これさえ意識していればそれでこと足りる。日常生活のなかに神聖なハーモニーを組み込むことができれば、われわれはいつでも正しい道におり、いずれは自分の仕事を全《まっと》うすることもできるであろう。

パブロ・ピカソの言葉より。〈神は芸術家である。神はキリンを創《つく》り、象を創り、蟻を創った。実際、神は作風のことなど考えもしなかった——ただ、創りたいと思ったものを創ってきたのだ〉

師は言う。

自らの道を歩みはじめると、われわれは大きな不安にさいなまれる。すべてをきちんと間違いのないように、という思いにとらわれてしまうのだ。だが考えてみれば、われわれの人生は一回きりなのに、いったい誰がその「完璧な」手本を示すことができるのだろうか。神は、キリンを、象を、蟻をお創りになった——われわれがたったひとつの手本に従わねばならない必要性がどこにある？

手本というものは、ほかの人たちが現実に向き合ったときにどうしたかを知ることにのみ役立つものだ。われわれは他人がしたことにいく度も驚嘆もし、同じく他人が踏んだ轍《てつ》を踏まぬようにと心がけることもいく度もできた。

だが、生きる、ということに関しては——そう、これぱかりは自分で決めていかねばならない。

大勢のユダヤ教の信者がシナゴーグで祈りを捧《ささ》げていると、子どもの声でA、B、C、Dと言うのが聞こえてきた。

みな、祈りの言葉をつぶやくのに集中しようとしたが、声は続く。

「A、B、C、D」

ひとり、またひとりと祈りをやめる者が出てきた。後ろを振り向いて見てみると小さな男の子がくりかえしつぶやいている。

「A、B、C、D」

とうとうラビが男の子のそばまでやってきて聞いた。

「なぜさっきから同じことを言っているのかな?」

「だって、ぼく、お祈りの言葉を知らないんです」と男の子は答えた。「だから、アルファベットを並べてみれば、神さまはそこからちゃんとした言葉を作ってくださるかな、と思ったんです」

「よいことを教えてくれてありがとう」とラビは言った。「きみが一文字ずつ神に捧げているように、わたしもこの世での一日一日を神に捧げられるようにと願います」

師は言う。

われわれのなかにある神の御心《みこころ》は、映画のスクリーンのようだ。そこでは色々なことが起きる——人びとは愛したり、別れたり、秘宝が見つかったり、遠くの国のことがわかったりする。

今、どんな映画が上映されているかは問題ではない。どちらにせよ、スクリーンはそこにあるのだから。涙がこぼれ落ちても、血が流れても、なにも関係ない――なぜなら、スクリーンの白さを侵すものはないからだ。

映画のスクリーンのように、神はここにいる――人生のあらゆる喜びと苦しみの後ろに。自分の映画が終わったそのときに、神に会うことができるだろう。

厳格なことで知られているヒンドゥー教の寺院の付近をひとりの弓の使い手が歩いていると、庭で僧たちが酒を飲んで楽しんでいるところに出くわした。

「これが神の道を求める者の姿とは、情けない！」と彼は大きな声で言った。「修行は大事だと言いながら、こっそり隠れて酔っぱらっているとは！」

「一〇〇本の矢を続けざまに射たら、その弓はどうなるかな？」と一番年かさの僧が彼に訊ねた。

「弓は壊れてしまいます」

「限界を超えることまでやってしまうと、それまでの意志も折れてしまうものだ」と僧は言った。「休むこともせずバランスをとらずにいると、そのうち情熱を失い、結局たいしたことができないままになるものだよ」

ある国王が、遠くの国に使者を送って和平条約を結ぼうと考えていた。使者はこの仕事を最大限活用してやろうと考え、その国と大きな商売をしている友人たちにこのことを伝えた。すると、その友人たちは出発を少し延ばしてくれないかと頼んできた。和平条約が結ばれることになるならば、あらたな発注を出して商売のやり方を変えなければならないからだ。

使者が出発する頃には、すでに時遅しとなっていた。戦《いくさ》は始まり、国王の計画も、彼の足を遅らせた商人たちの商戦も、台なしとなってしまった。

師は言う。

われわれの人生において大事なことは、ひとつしかない。個人の伝説を生き、運命づけられた仕事を全うすることだ。それなのに、役にも立たぬ余計な用事を抱えこみ、結局は自分の夢をこなごなにしてしまうことが多々あるのだ。

旅人はシドニーの港にいる。ふたつの町をつなぐ橋を眺めていると、オーストラリア人が近づいてきて、ある新聞記事を読んでくれないかと言ってきた。

「文字が小さすぎましてね」と彼は言った。「家にめがねを置いてきてしまったもので、よく読めないんですよ」

あいにく旅人も読書用のめがねを置き忘れてきたのだと、彼に詫《わ》びる。

「そういうことなら、この記事のことは忘れることにしましょう」彼は一瞬黙ってから、そう言う。だが、ここで会話をやめるのは惜しいと思ったのか、こう続ける。

「わたしたちは今、ここにふたりきりというわけではないのですよ。神も時には目が疲れることがあるんです。年をとったからというわけではなく、そのようにご自分で選んでのことです。そうすれば、そばにいるだれかが失敗をしても、神にはよく見えないのですから、公平を期してそのひとを赦《ゆる》してさしあげるわけです」

「しかし、そのひとがよいことをしたらどうなさるんです？」と旅人は訊ねる。

「そういうときは、神は家にめがねを忘れたりはしないんですよ」オーストラリア人はそう言うと、笑いながら去っていく。


「祈りよりも大事なものなど、あるのでしょうか？」弟子が師に聞いた。

師は、弟子に近くの茂みに行って一本の枝を切ってくるようにと頼み、弟子は言われたとおりにした。

「木は、まだ枯れてはいないか？」師は訊ねた。

「以前のままに、いきいきとしております」弟子は答えた。

「では、もう一度行ってその木の根を切っておいで」と師は言った。

「そんなことをしたら、木は枯れてしまいます」

「祈りとは木の枝であり、木の幹で表されるのは信仰である」と師は言った。「祈りのない信仰はありうるが、信仰のない祈りはありえない」

アヴィラの聖女テレサは次のように書きのこしている。

〈覚えておきなさい。主はわたしたちをみな招かれました。主は純粋なる真実であるのですから、その招きを疑ってはなりません。主はおっしゃいました。『渇いている人はだれでも、わたしのところに来て飲みなさい』と。

その招きがわたしたちひとりひとりに対してでなかったとすれば、主はこうおっしゃったでしょう。『こちらに来たい者は来なさい。あなたがたはなにも失うものはないのだから。けれど、用意ができた者にしか飲みものを与えない』と。

主はなんの条件もつけませんでした。道を歩み、望むだけで、だれでも主の愛という生きた水を受けとることができるのです〉

禅の僧は瞑想しようというとき、岩の前に座る。〈今からこの岩が少しばかり大きくなるのを待つこととしよう〉彼らはそう考えるのだ。

わたしたちの周りは、つねに変化している。毎日、太陽は新しい世界を照らす。いわゆる「繰り返される日常」には、新しい提案と機会が満ちみちている。それでも、わたしたちは毎日が前の日とは違う一日だということに気づかないでいる。

今日、どこかで、なにかの宝物があなたを待っている。小さなほほえみかもしれないし、大恋愛かもしれない――なんだっていい。人生は小さな、そして大きな奇跡で作られているのだ。つまらないものなどなにもない。なにもかもがつねに動いているのだから。この世につまらないものはない、あるとすればそれは自分のものの見方にあるのだ。

詩人のT・S・エリオットもこう書いている。〈あちこちの通りを歩く・家に帰る・すべてをはじめてであるかのごとく見る〉

訳者あとがき

本書は、二〇〇六年にプラネッタ・ド・ブラジル社から出版されたポルトガル語版"Maktub"を底本として訳しました。ブラジルの日刊紙『フォーリャ・ジ・サン・パウロ』に一九九三年六月から一年にわたり掲載されたコラム集です。『マクトゥーブ』――本書のタイトルを見て、はっとした読者も多いのではないでしょうか。

「マクトゥーブ」と商人が最後に言った。
「それは、どういう意味ですか？」
「これがわかるためには、アラブ人に生まれなければならないよ」と彼が答えた。「しかし、おまえの国の言葉でいえば、『それは書かれている』というような意味さ」

（パウロ・コエーリョ『アルケミスト』山川紘矢＋山川亜希子訳、角川文庫）

パウロ・コエーリョの代表作であり、世界的な大ベストセラーとなった『アルケミスト』全編にわたり重要なキーワードとなるのが「マクトゥーブ」です。『それは書かれている』――わたしたちの過去も未来も「マクトゥーブ」なのだというコエーリョ。だからこそ、いまという時を食べごろのバナナにたとえ（本書九一ページ）、『明かりの消えた電球ばかり』に思いをはせる自分をいましめています（同七六ページ）。「まえがき」で書きはじめの頃は「毎日一編のコラムは拷問と化した」とコエーリョは明かしています。確かに、これだけの内容のものを毎日執筆する苦労ははかりしれません。ですが、それだけに一編一編にパウロ・コエーリョという人物のエッセンスが凝縮してつまっているかのようです。コエーリョの熱心な読者は著書にちりばめられたメッセージを受け止めては、宝物のように胸にしまう人が多いようです。その点、『マクトゥーブ』は全編ストレートなメッセージで構成されており、読む者のその時どきの心模様で響いてくる文章が変わってくるはずです。

コエーリョは、『マクトゥーブ』は「経験を交わし合う場である」と断言しています。彼の豊かな経験と知識、深い思考と愛に満ちた言葉にふれた読者は何を思い、どう行動するのか。国連のピース・メッセンジャーとして活躍し、「パウロ・コエーリヨ・インスティテュート（Paulo Coelho Institute）」を通じてブラジルの恵まれない人びとへの奉仕活動も積極的に進める彼が読者に期待するのはそこなのでしょう。

本書に登場する「スケーティス砂漠」の物語に関しては『砂漠の師父の言葉』（ミニュ・ギリシア教父全集第六五巻・作者不詳・古谷功訳・あかし書房）を参考にし、人物名も同書から引用しました。新旧約聖書に関しては新共同訳を参考にしています。その他、本書には多くの伝説や昔話、逸話、ほかの本からの引用などが含まれていますが、明らかな相違がある場合を除き、作者の意図を尊重し原文のとおりに訳しています。

最後になりましたが、宮崎壽子さん柳島周さんはじめオフィス宮崎のみなさん、角川書店の菅原哲也さん、廣瀬暁春さんにこの場をお借りして心より御礼申し上げます。

二〇一一年二月

木下　眞穂

本書は、二〇一一年二月に小社より刊行された
単行本を加筆修正のうえ、文庫化したものです。

マクトゥーブ

An Inspirational Companion to The Alchemist《アン・インスピレーショナル・コンパニオン・トゥ・ジ・アルケミスト》

パウロ・コエーリョ　木下《きのした》眞穂《まほ》＝訳

令和６年　９月25日　初版発行

発行者●山下直久

発行●株式会社KADOKAWA
〒102-8177　東京都千代田区富士見2-13-3
電話　0570-002-301（ナビダイヤル）

角川文庫 24333

印刷所●株式会社暁印刷
製本所●本間製本株式会社

表紙画●和田三造

●お問い合わせ
https://www.kadokawa.co.jp/（「お問い合わせ」へお進みください）
※内容によっては、お答えできない場合があります。
※サポートは日本国内のみとさせていただきます。
※Japanese text only

ISBN 978-4-04-115425-0　C0198

◇◇◇

角川文庫発刊に際して

角川源義

第二次世界大戦の敗北は、軍事力の敗北であった以上に、私たちの若い文化力の敗退であった。私たちの文化が戦争に対して如何に無力であり、単なるあだ花に過ぎなかったかを、私たちは身を以て体験し痛感した。西洋近代文化の摂取にとって、明治以後八十年の歳月は決して短かすぎたとは言えない。にもかかわらず、近代文化の伝統を確立し、自由な批判と柔軟な良識に富む文化層として自らを形成することに私たちは失敗して来た。そしてこれは、各層への文化の普及滲透を任務とする出版人の責任でもあった。

一九四五年以来、私たちは再び振出しに戻り、第一歩から踏み出すことを余儀なくされた。これは大きな不幸ではあるが、反面、これまでの混沌・未熟・歪曲の中にあった我が国の文化に秩序と確たる基礎を齎らすためには絶好の機会でもある。角川書店は、このような祖国の文化的危機にあたり、微力をも顧みず再建の礎石たるべき抱負と決意とをもって出発したが、ここに創立以来の念願を果すべく角川文庫を発刊する。これまで刊行されたあらゆる全集叢書文庫類の長所と短所とを検討し、古今東西の不朽の典籍を、良心的編集のもとに、廉価に、そして書架にふさわしい美本として、多くのひとびとに提供しようとする。しかし私たちは徒らに百科全書的な知識のジレッタントを作ることを目的とせず、あくまで祖国の文化に秩序と再建への道を示し、この文庫を角川書店の栄ある事業として、今後永久に継続発展せしめ、学芸と教養との殿堂として大成せんことを期したい。多くの読書子の愛情ある忠言と支持とによって、この希望と抱負とを完遂せしめられんことを願う。

一九四九年五月三日

角川文庫海外作品

悪魔とプリン嬢

パウロ・コエーリョ
旦 敬介＝訳

「条件さえ整えば、地球上のすべての人間はよろこんで悪をなす」悪霊に取り憑かれた旅人が、山間の田舎町を訪れた。この恐るべき考えを試すために――。

11分間

パウロ・コエーリョ
旦 敬介＝訳

セックスなんて11分間の問題だ。脱いだり着たり意味のない会話を除いた〝正味〟は11分間。世界はたった11分間しかかからない、そんな何かを中心にまわっている――。

ザーヒル

パウロ・コエーリョ
旦 敬介＝訳

満ち足りた生活を捨てて突然姿を消した妻。彼女は誘拐されたのか、単に結婚生活に飽きたのか。答えを求め、欧州から中央アジアの砂漠へ、作家の魂の彷徨がはじまった。コエーリョの半自伝的小説。

ポルトベーロの魔女

パウロ・コエーリョ
武田千香＝訳

悪女なのか犠牲者なのか。詐欺師なのか伝道師なのか。実在の女性なのか空想の存在なのか――。謎めいた女性アテナの驚くべき半生をスピリチュアルに描く傑作小説。

ブリーダ

パウロ・コエーリョ
木下眞穂＝訳

アイルランドの女子大生ブリーダの、英知を求めるスピリチュアルな旅。恐怖を乗り越えることを教える男と、魔女になるための秘儀を伝授する女がブリーダを導く。愛と情熱とスピリチュアルな気づきに満ちた物語。

角川文庫海外作品

ヴァルキリーズ

パウロ・コエーリョ
山川紘矢・山川亜希子＝訳

『アルケミスト』の執筆後、守護天使と話すという課題を師から与えられたパウロは、天使に会う条件を知る〝ヴァルキリーズ〟という女性集団と過酷な旅を続けるが……『星の巡礼』の続編が山川夫妻訳で登場！

ザ・スパイ

パウロ・コエーリョ
木下眞穂＝訳

1917年10月15日パリ。二重スパイの罪で銃殺刑となった謎の女性マタ・ハリ。その美貌と妖艶な踊りで多くの男たちを虜にした彼女の波乱に満ちた人生を、世界的ベストセラー作家が鮮やかに描いた話題作！

不倫

パウロ・コエーリョ
木下眞穂＝訳

優しい夫に2人の子ども、ジャーナリストとしての仕事。誰もが羨む暮らしを送る一方で、孤独や不安に苛まれていたとき再会したかつての恋人……。背徳の関係さえも、真実の愛を学ぶチャンスだったのだ――。

絵のない絵本

アンデルセン
川崎芳隆＝訳

私は都会の屋根裏部屋で暮らす貧しい絵描き。ひとりの友もなく、毎晩寂しく窓から煙突を眺めていた。ところがある夜、月がこう語りかけてきた――僕の話を絵にしてみたら。アンデルセンの傑作連作短編集。

小さい人魚姫
アンデルセン童話集

アンデルセン
山室　静＝訳

人間の王子に恋をした美しい人魚姫は、魔女に頼み、美しい声と引きかえに足を手に入れる。王子と結婚できなければ海の泡と消えてしまう人魚姫は……表題作ほか、「親指姫」など初期代表作12話を収録。

角川文庫海外作品

ガリバー旅行記

ジョナサン・スウィフト
山田　蘭＝訳

寝ている間に手足と体をしばられ、台車にのせられて小人国の都につれてこられたガリバー。小山のような人間に、都は大さわぎ！　左足を鎖でつながれたガリバーは、小さな皇帝と会うが……。

前世を記憶する子どもたち

イアン・スティーヴンソン
笠原敏雄＝訳

別人の記憶を話す子、初めて会う人を見分ける子、教わらずに機械を修理できる子……世界各地から寄せられた2000を超す例を精神科教授の著者が徹底調査。世界的大反響を巻き起こした、第一級の検証報告。

富と成功をもたらす7つの法則

ディーパック・チョプラ

願望を実現する力を持ち、愛と喜びに満ちた人生を送ることが真の「成功」。政治家やアーティストら多くのセレブに支持されるチョプラ博士が、成功に導く7つの法則について書いた名著、待望の文庫化！

三銃士 (上)(中)(下)

アレクサンドル・デュマ
竹村　猛＝訳

時は17世紀、ルイ13世の治世。青年騎士ダルタニャンは希望に燃えて華の都パリにやってきた。都会のしきたりに慣れないダルタニャンは、三銃士から次々と決闘を申し込まれるが——。

オリバー・ツイスト (上)(下)

チャールズ・ディケンズ
北川悌二＝訳

19世紀初め、イギリスの田舎で孤児として生まれ、救貧院で育ったオリバー・ツイスト。様々な苦難の末、自由を求めてロンドンへとたどり着くものの、さらなる危険と冒険の日々が待ち受けていた。

角川文庫海外作品

クリスマス・キャロル
ディケンズ
越前敏弥＝訳

文豪ディケンズの名声を不動のものにしたクリスマス・ストーリーの決定版！　冷酷非道な老人が、クリスマス前夜に現れた3人の精霊によって自らの人生を反省し、人間らしい心をとりもどしていく。

罪と罰 (上)(下)
ドストエフスキー
米川正夫＝訳

その年、ペテルブルグの夏は暑かった。大学を辞めた、ぎりぎりの貧乏暮らしの青年に郷里の家族の期待が重くのしかかる。この境遇から脱出しようと、彼はある計画を決行するが……。

新版 人生論
トルストイ
米川和夫＝訳

「人生とはなにか？」「いかに生きるべきか？」。この終生の課題に解答、結論を下した書として、全世界でいちばん多く読まれている人生読本。深遠な哲理が、やさしくわかりやすく書かれている。

若き人々への言葉
ニーチェ
原田義人＝訳

「神は死んだ」をはじめ、刺激的な啓示を遺して散った巨人ニーチェ。彼の思想は、現在もなお色褪せることなく燦然と輝いている。彼の哲学的叙事詩の全体像を、分かり易く体系的に捉えたニーチェ入門。

ぼくは数式で宇宙の美しさを伝えたい
クリスティン・バーネット
永峯　涼＝訳

2歳で自閉症と診断された息子ジェイク。けれど障害児訓練は本当に彼のため？ もっと人生を楽しんでほしいと、自ら保育施設を立ち上げた母クリスティン。やがてジェイクの才能が開花し奇跡を起こす。感動の実話！

角川文庫海外作品

ガルシアへの手紙

エルバート・ハバード、アンドリュー・S・ローワン、三浦　広＝訳

1億人が読んだ世界的ベストセラー初の文庫化。100年以上前の米西戦争時に起こった史実をもとに、問題を自ら解決に導く「自主性」、難題に勇気を持って取り組む「行動力」の重要性を説いた不朽の名作。

ザ・マスターキー
成功の鍵

チャールズ・F・ハアネル　長澤あかね＝訳

『思考は現実化する』著者ナポレオン・ヒル、『ザ・シークレット』著者ロンダ・バーンも読んだ成功哲学書、The Master Key Systemを読みやすい新訳で。「引き寄せの法則」の原点。

ロウソクの科学

ファラデー　三石　巌＝訳

たった一本のロウソクをめぐりながら、ファラデーはその種類、製法、燃焼、生成物質を語ることによって、科学と自然、人間との深い交わりを伝える。時を超えて読者の胸を打つ感動的名著。

アウト・オン・ア・リム

シャーリー・マクレーン　山川紘矢・山川亜希子＝訳

実りのない恋が、思わぬ体験に彼女を導いた。行動派で知られる女優が、数々の神秘体験をきっかけとして、本当の自分、神、宇宙について学びながら、大いなる世界に目覚めていく過程を綴る。

世界最強の商人

オグ・マンディーノ　山川紘矢・山川亜希子＝訳

ハフィッドは師から成功の秘訣が書かれた10巻の巻物を譲られる。教えに従い成功したハフィッドは巻物を継ぐ人物を密かに待ち続ける。現れた青年とは……。人生成功の原理をわかりやすく説く大人の寓話。

角川文庫海外作品

その後の世界最強の商人
オグ・マンディーノ
山川紘矢・山川亜希子＝訳
ハフィッドは講演旅行でローマを訪れ、巻物を渡した青年パウロが理不尽に捕らえられていることを知る。処刑された彼の遺志を継ぎ、ハフィッドは残りの人生をかけた、ある壮大な計画を思いつく。感動の名著！

月と六ペンス
サマセット・モーム
厨川圭子＝訳
画家ゴーギャンをモデルに、芸術のために安定した生活をなげうち、死後に名声を得た男の生涯を描く。ストーリーテラーとしての才能が遺憾なく発揮された傑作。

脳のなかの幽霊
V・S・ラマチャンドラン、サンドラ・ブレイクスリー
山下篤子＝訳
切断された手足がまだあると感じる。体の一部を他人のものだと主張する。両親を本人と認めず偽物だと主張する。著者が出会った様々な患者の奇妙な症状を手掛かりに、脳の仕組みや働きについて考える。

聖なる予言
ジェームズ・レッドフィールド
山川紘矢・山川亜希子＝訳
南米ペルーの森林で、古代文書が発見された。そこには人類永遠の神秘、魂の意味に触れた深遠な九つの知恵が記されているという。偶然とは思えないさまざまな出逢いのなかで見いだされる九つの知恵とは。

「ドリームタイム」の智慧
あなたらしく幸せに、心豊かに生きる
ウィリアム・レーネン
吉本ばなな
伊藤仁彦＝訳
恋愛、仕事、子育て、同性愛、スピリットワールドなどについて、自分にも他人にも嘘のない人だけが行けるドリームタイムで教えてもらったスピリチュアルな智慧を紹介。吉本ばななさんが聞く幸せへのヒント！